밀리언 뷰 웹소설 비밀코드

일러두기

1. 대부분의 맞춤법 표기는 국립국어원에 따르고 있습니다.
2. 다만 일부 용어는 업계에서 통용되는 방식에 따라 구어체로 표기했습니다(런칭, 컨택 등).
3. 예문 속 일부 단어는 저자의 표현을 살려 원문 그대로 표기했습니다(막내동생 등).
4. 웹소설 작품명은 모두 《 》로 표기했습니다.

1,000,000 VIEW

밀리언 뷰 웹소설 비밀코드

만년 무료 연재도 100일 안에
유료 연재로 이끄는 웹소설 실전 작법서

진문 지음

블랙피쉬
Black Fish

추천의 글

- 이제 막 웹소설이라는 분야에 도전하는 사람들, 나아가 다른 문학 장르에서 도전하러 온 이들에게까지 꼭 보여주고 싶은 길라잡이. 웹소설 작가라면 반드시 가져야 할 완성형 스키마(Schema) 같은 필법서다.

_진문 아카데미 1기 수강생
《마검을 든 서자는 전생을 기억한다》, 구름여우 작가

- 시작을 앞둔 작가 지망생과 신인 작가들에게 꼭 필요한, 현실적인 조언을 담은 책이다. 어떤 이야기를 어떻게 써야 하는지 막막한 사람들이라면 이 책에서 그 답을 찾을 수 있을 것이다.

_웹툰·웹소설 전문 출판사 브리드컴퍼니, 문상철 대표

- 4년 전, 재미 삼아 웹소설 연재를 시작했다가 늘어나는 조회 수와 좋아요, 응원 댓글에 홀려 웹소설 작가가 되었다. 문피아 일간 베스트 1위도 했기에 은근히 기대를 많이 했지만, 수익은 기대에 못 미쳤다. 기대가 큰 탓도 있었지만 난 웹소설 독자들의 니즈를 너무 몰랐다. 그래서 첫 단추를 잘 끼우고도 실수가 너무 많았다. 만약 과거에 내가 이 책을 접했다면 아마 수익이 최소한 3배쯤 늘지 않았을까? 물론 그때는 이런 지침서가 없었지만 이제라도 웹소설 작가 지망생을 위한 제대로 된 지침서가 나와서 다행이다.

_《다시 살다》, 《재벌집 서자, 그레이트 어게인》, 굿라이버 작가

- 무공비급을 얻은 기분이다. 저자가 만든 지도를 따라 걷다 보면, 어느새 소설 속 주인공이 된 자신을 발견할 수 있을 것이다.

_네이버시리즈 《왕의 힘으로 회귀한다》, 안소설 작가

- '소설을 쓰고 싶다. 하지만 막막하다. 습작을 하긴 했는데 제대로 쓴 건지 모르겠다.' 처음 글을 쓰기 시작해 한 번쯤 이런 고민을 해본 사람들이라면 이 책을 읽어보자. 뜬구름 잡듯 이러이러하게 쓰는 게 좋다는 조언이 아닌, 체계적인 분석과 명확한 방향을

제시해준다. 천천히 따라가다 보면 어느새 반쯤 완성되어 있는 자신의 소설과 만날 수 있을 것이다. 웹소설 입문 작가들의 필독서로 강력 추천한다.

_카카오페이지 《백작가 막내아들은 플레이어》, 미스틱J 작가

• 지금껏 적지 않은 작법서를 읽어보았지만, 이 책은 그중 가장 범용적이고 기본에 충실한, 웹소설에 특화된 작법서다. 데뷔는 했지만 기초가 부족했던 내게 이 책은 웹소설이 무엇인지 다시 한번 성찰할 수 있는 기회를 주었다. 빠져들어 책을 읽다 보니 어느 순간 작가가 제시하는 미션을 수행하고 있는 내 모습이 보였다.

_카카오페이지 《혼자 레벨업 합니다》, 신필 작가

• 꼼꼼하고 세심한 웹소설판 《손자병법》. '나를 알고 독자를 알아야 웹소설 연재에 성공할 수 있다'는 사실을 일깨우는 최고의 참고서다. 진문 작가는 의욕만 넘쳤던 당신에게 과녁을 빗나가지 않는 특급 노하우를 알려준다. 여타 작법서들이 신인 작가에게 등불과도 같은 존재라면 이 책은 그야말로 '서치라이트'다.

_네이버 웹소설 《태릉좀비촌》, 임태운 작가

• 이제껏 본 작법서와 달리 이 책은 웹소설을 아주 직관적으로 설명한다. 만약 지인이 웹소설 작법서를 추천해달라고 한다면 자신 있게 이 책을 권하고 싶다.

_2020 네이버 웹소설 지상최대공모전 - 판타지 부문 우수상 수상
《공작가의 둔재, 회귀하다》, 파추 작가

• 웹소설을 쓰려는 작가 지망생들에게 가장 실질적인 방법을 제시해주는 책이다. 책을 읽으면서 주어진 미션을 수행하다 보면 어느새 구체적인 노하우를 습득한 자신을 발견할 수 있을 것이다.

_카카오페이지 《프라하, 그 유혹의 밤》, 《롸잇 나우》, 《아모르파티》 외, 데스띠나 작가

프롤로그

시중에 웹소설 쓰기 관련 강의가 의외로 많다. 국가 지원을 받아 진행하는 무료 강의도 있고, 플랫폼에서 유명 작가를 강사로 내세워 진행하는 강의도 있다. 이런 강의들은 확실히 효과가 있다. 강사의 노하우를 그대로 배울 수 있기 때문이다. 하지만 한계점도 분명하다.

첫 번째 한계는 용어나 개념이 통일되어 있지 않다는 점이다. 그래서 가르치는 내용은 비슷하지만, 단어나 의미가 달라 내용이 잘못 전달되는 경우가 많다.

두 번째는 강의를 하는 사람이 대부분 인기 작가라는 사실이다. 그들은 원래 웹소설을 좋아하는 헤비 리더인 경우가 많은데, 수강생들은 이 점을 감안해 강의를 들어야 한다. 그렇지 않으면 오해가 생길 수도 있다. 한 예로 대박을 낸 작가가 그 비결을 말할 때 "난 좋아하는 걸 썼다"라고 이야기하는 경우가 있다. 이런 말은 가려서 들을 필요가 있다.

웹소설을 많이 읽고 독자가 어떤 것을 좋아하는지 감을 잡은 상태에서 자기가 좋아하는 걸 쓰는 것과 그렇지 않은 상태에서 좋아하는 것을 쓰는 데는 아주 큰 차이가 있기 때문이다.

사실 나는 웹소설 작가를 지망하는 사람들 중, 자기가 좋아하지도 않는 글을 쓰려고 하는 사람은 아직 만나보지 못했다. 이들이 좋아하는 글을 쓴다고 해서 바로 대박이 나지는 않을 것이다.

세 번째는 강의를 통해 노하우를 듣고 메모하고 암기해도 한계가 있다는 점이다. 들을 때는 다 알 것 같아도 막상 글을 쓸 때는 그 원칙을 녹여내기 힘들다.

이 세 가지 한계점 때문에 실제로 강의를 통해 데뷔하는 사람은 전체 수강생의 10%가 채 안 된다.

아카데미에서는 대부분 데뷔에 실패한 수강생을 케어하지 않는다. 계약할 수 있는 작가를 발굴하는 것이 목적이기 때문이다. 작품을 런칭해 수익을 얻는 것을 최우선으로 삼기에, 그 수준에 이르지 못한 이들을 방치할 수밖에 없다.

나는 2개월 혹은 3개월 동안 열심히 수강하고도 데뷔하지 못하는 나머지 90% 이상의 수강생에게 주목했다. 왜 이들이 실패하는지, 열정은 있지만 그것만으로는 왜 안 되는지, 어떻게 하면 보다 많은 수강생이 쉽게 방향을 잡고 앞으로 나아갈 수 있을지 고민했다. 동국대에서 강의를 하면서 운영한 독서회와 1대 1 멘토링은 이런 의문에 대한 해결책을 찾을 수 있는 기회였다.

나는 7년 차 웹소설 작가다. 2014년에 《리걸 마인드》라는 법정물로 데뷔했고, 2016년에는 카카오페이지에서 《문명하셨습니다》를 정식 연재했다. 2015년부터 2017년까지 이 두 작품으로만 2억 원을 벌었고, 그 후 작품 활동을 하면서 강의와 멘토링을 해왔다. 2020년에는 네이버시리즈에서 《리얼 머니》를 연재해 완결했다. 현재는 신작을 준비 중이다.

내가 작가들과 '어떻게 하면 더 많은 돈을 벌 수 있을지' 고민하기 시작한 건 2015년, 즉 데뷔한 직후였다. 인천에서 활동하는 유명한 작가 한 분이 그때 이런 말씀을 해주신 것이 계기가 되었다.

"신인은 서로 정보를 공유해야 해. 그래야 이 시장에서 오래 살아남을 수 있어."

자신의 노하우를 가지고 데뷔는 쉽게 할 수 있지만, 오랫동안 살아남으려면 그보다 많은 노하우를 익혀야 한다는 말씀이 가슴 깊이 남았다. 그때부터 나는 당시 친한 작가들과 노하우를 공유했다. 시행착오도 있었지만, 성과도 많았다. 함께 이야기를 나눈 작가들 중 소위 대박을 낸 친구도 많았고, 데뷔 문턱에 있던 습작가가 괜찮은 성적으로 데뷔하기도 했다.

2017년과 2018년에 동국대 웹소설 크리에이팅 과정에 강사 및 멘토로 참여한 것도 이 과정의 연장선이었다. 약 2년 동안 동국대 수강생들과 함께 독서회를 진행하면서 커리큘럼의 토대를 만들었고, 이를 정리해 그 이듬해인 2019년 6월부터 '진문 아카데미'를 개설해 지금까지 운영하고 있다.

이 책에 담은 내용은 지금까지 내가 100여 명이 넘는 작가, 습작가와 함께한 경험을 토대로 정리한 일종의 '솔루션'이다. 다른 강의나 서적과 다른 점은 '노하우를 직접 전수하는 것'을 목표로 하는 것이 아니라는 사실이다. 그 대신 '어떻게 그 원칙을 세울 수 있었는지' 안내하는 데 초점을 맞추었다. 그렇게 스스로 자신만의 원칙을 세울 수 있도록 도움을 주는 것이 이 책의 1차 목표다.

'노하우라는 결과'보다 '그 노하우를 얻기까지 과정'에 주목해야 하는 이유는, 노하우만 메모하고 암기하는 것이 소용없는 경우가 너무나 많기 때문이다. 사실 웹소설 창작 노하우는 웹소설 카페나 게시판, 오픈 단톡방, 유튜브 채널 등에서 쉽게 접할 수 있다. 아마 웹소설 작가가 되는 데 관심 있는 사람이라면 이미 여러 번 접했을 것이다. 주인공 캐릭터는 어떻게 잡아야 하고, 1화는 어떻게 써야 하고, 독자는 어디에 관심이 있는지 등등 저마다 유용한 정보를 다수 수집하고 알고 있을 것이다.

하지만 결과는 어떤가? 그 노하우를 자신의 글에 제대로 녹여낼 수 있었나? 통계적으로 남들이 정리한 노하우를 자신의 것으로 만든 사례는 10%가 채 안 된다. 대부분은 알고만 있고, 자신의 글에 활용하지는 못하는 셈이다. 남들이 정리해준 노하우를 본인에게 쓸모 있게 적용하려면 그만큼 경험치가 있어야 한다. 노하우만 골라 암기하는 건 실력을 향상시키는 데 그리 큰 도움이 되지 않는다.

바로 이런 이유로 나는 노하우를 얻기까지 과정에 주목했고, 그 결과 함께한 대다수 수강생을 굉장히 빠른 시간 내에 데뷔하도록 도움을 줄 수 있었다.

나는 웹소설 작가가 되기까지 1년 반이 걸렸다. 목표는 이 책을 정독한 여러분을 반년, 빠르면 100일 안에 데뷔하도록 돕는 것이다. 반드시 웹소설 작가가 되길 원하는 분들이 함께했으면 좋겠다. 이제까지 함께한 '의지가 강한 분'은 예외 없이 데뷔했다.

이 과정을 끝까지 따라온다면 감이 잡힐 것이다. 지금까지 왜 내가 실패했는지, 이제부턴 어떻게 해야 되는지, 어떻게 준비해야 올바른 방향으로 나아갈지 분명히 알 수 있을 것이다.

로맨스, 로맨스 판타지를 준비하는 독자분들께

이 책에서는 남성향 판타지를 중심으로 정리했다. 따라서 구체적인 주인공 설정법이나 서술법 등에는 크게 도움이 되지 않을 수도 있다. 다만 전체적인 접근법, 준비 방법 등 방향성은 같으므로 이에 대해서는 개념을 잡을 수 있을 것이다.

로맨스나 로맨스 판타지를 준비하는 분을 위한 이번 강의 활용법을 안내해드리고자 한다. 우선 2장에서 전체적인 방향을 잡을 텐데, 이는 로맨스를 포함해 모든 장르에 공통으로 적용되는 원칙이다. 각 글에는 미션이 주어지는데, 자신이 도전하고자 하는 장르의 작품으로 미션을 수행하면 스스로 베스트 작품을 읽으면서 원칙을 세우는 능력을 기를 수 있을 것이다.

4장 4파트에는 로맨스와 로맨스 판타지의 기본 구조에 대해 정리하는 부분이 나온다. 여기서 자신이 분석한 것과 비교할 수 있다. 이후 이어지는 연출법과 연재 요령은 모든 장르에 적용된다.

앞에서 언급했듯 본 과정은 내가 정리한 원칙을 전수하기보다 어떻게 이 원칙들을 정리해왔는지에 초점을 맞추었다. 스스로 원칙을 세우는 과정은 미션을 충실히 수행하는 것만으로도 익힐 수 있다. 이 과정을 통해 로맨스, 로맨스 판타지의 개념을 세우고 작가로 데뷔하는 데 한 발 더 가까워질 수 있을 것이다. 만약 더 구체적인 작법 전략이 궁금한 사람이라면 클래스101의 로맨스 판타지 강의를 참고하길 권한다. 해당 강의에서는 그동안 로맨스 판타지 독서회를 통해 정리한 원칙들을 확인할 수 있다. 이 책과 강의가 열정 가득한 여러분에게 실질적인 도움이 되리라 믿는다.

- 진문

웹소설 쓰기를 시작하기 전에 꼭 알아두어야 할
웹소설 필수 용어 33

로판 로맨스 판타지의 줄임말. 처음에는 판타지 세계관을 무대로 한 로맨스 소설이라는 의미로 쓰였지만, 지금은 여성향 판타지 소설이라는 의미로 쓰인다. 《재혼 황후》처럼 남녀 사이의 로맨스를 주제로 하는 소설도 있지만, 《왕의 딸로 태어났다고 합니다》, 《황제의 외동딸》 같은 육아물, 《시그리드》 같은 여기사 회귀물, 《랭커를 위한 바른생활 안내서》 같은 여주판(여성이 주인공인 판타지 소설) 등 다양한 형식으로 분화되었다.

현판 현대 판타지의 줄임말. 현대사회를 배경으로 한 남성향 판타지 소설을 말한다. 판타지 요소를 최소화한 전문가물만 지칭하다가, 이제는 게임이나 판타지를 가미한 게임물과 레이드물도 전부 포함한다.

양판소 양산형 판타지 소설의 줄임말. 이렇다 할 특색과 깊은 사색 없이 정형화된 판타지 소설을 비하하는 별칭이다. 대여점 시절 독자들이 비슷한 작품만 읽는다는 점에 착안해 적은 노력으로 빨리, 많이 쓸 수 있는 형태로 집필한 소설이다. 주인공 이름과 직업만 다를 뿐, 형태는 기본적으로 같고 클리셰도 같기 때문에 스토리 양상이 비슷하다. 이에 1권만 읽으면 뒷내용이 전부 예상된다는 특징이 있다. 작가 고유의 내면을 완전히 배제하고 시장에 맞춰 쓴 전형적인 예라고 볼 수 있다.

여주판 여성이 주인공인 판타지 소설을 통칭한다. 보통 로맨스 소설은 여자 주인공과 남자 주인공이 스토리의 핵심을 이루는 반면, 여주판은 여성 한 명이 주인공이다. 남성과 사랑을 이루는 것은 부차적인 목적이고, 일반적인 남성향 판타지와 마찬가지로 여자 주인공의 목적을 이루는 것을 내용으로 한다. 판타지 세계에서의 모험, 레이드, 활극, 전쟁, 정치 등을 다룬다.

레이드물 현대를 배경으로 하지만, 판타지 세계관의 요소를 중심으로 전개되는 작품을 말한다. 이능력을 지닌 헌터가 주인공이라 '헌터물'이라고도 한다. 레이드(raid)는 본래 MMORPG(Massively Multiplayer Online Role-Playing Game: 대규모 다중 사용자 온라인 롤플레잉 게임)에서 사용하는 용어로 난도 높은 던전을 공략하기 위해 소집된 다수의 플레이어 집단을 말한다. 보통 공격대라고 번역한다. 레이드물은 가공할 힘을 지닌 몬스터가 현대에 등장하고, 이들을 물리치기 위해 헌터들이 활약하는 내용을 중심으로 전개된다.

육아물 아기가 주인공인 로맨스 판타지 장르. 주인공은 회귀나 빙의 등의 계기로 아기로 태어나 아기 시점에서 이야기를 이끌어나간다. 주인공을 키우는 주변 인물을 역으로 키워나가는 형태로 진행된다. 대표적으로 《왕의 딸로 태어났다고 합니다》, 《황제의 외동딸》 등이 있다.

이고깽 이계로 간 고등학생이 깽판을 치는 이야기의 줄임말. 이세계 차원 이동물의 대표적인 형태를 일컫는다. 2000년대 초반에 전성기를 누렸지만, 요즘에는 찾아보기 힘들다. 지금은 이계로 갔던 주인공이 현대로 돌아와 활약하는 형태의 이야기가 주류를 이룬다.

코드 베스트 작품들이 지닌 공통적인 형태.

빙의 다른 사람 몸에 주인공의 영혼이 들어가는 것을 말한다. 예전에는 아무런 연고가 없는 세상의 사람 몸에 들어가기도 했지만, 요즘에는 주인공이 알고 있거나 관계가 있는 세상의 인물에게 들어가는 것으로 설정한다.

환생 죽은 주인공의 영혼이 다른 사람으로 새롭게 태어나는 것을 말한다. 다른 사람이 된다는 점에서 빙의물과 같고, 달리 구분할 이유가 없어 묶어서 부르기도 한다.

각성 아무 힘도 없던 주인공에게 새로운 능력이나 힘이 생기는 것을 말한다.

회귀 실패한 인생을 산 주인공이 과거로 돌아가 새로운 인생을 사는 것을 말한다.

고블린 판타지 장르에 등장하는 괴물 종족 중 하나. 녹색 피부에 작은 키와 덩치, 기다란 코와 귀, 길게 찢어진 입 등이 특징이다. 덩치가 작고 힘이 약하지만 머릿수가 많고 사악하다고 묘사된다. 처음에는 J. R. R. 톨킨의 《반지의 제왕》에 나오는 오크를 고블린이라 번역했지만, 이제는 오크와 고블린을 구분해서 사용한다. 가장 큰 영향을 미친 건 TRPG(Table-talk Role-Playing Game: 탁자에 앉아서 하는 역할 분담 게임) 룰북인 《던전 앤 드래곤(Dungeons & Dragons)》이다.

TRPG Table-talk Role-Playing Game. 오프라인상에서 사람들이 테이블에 둘러앉아 대화를 통해 진행하는 역할 분담 게임으로 일종의 보드게임이다. 일반적인 보드게임과 다른 점은 게임을 할 때마다 던전마스터(플레이어 중 한 명)가 직접 종이(모눈종이)에 지도를 그리고, 스스로 설정한 스토리를 가지고 플레이한다는 것이다. 플레이어들도 자신의 역할을 직접 선택하고 설정할 수 있다. 현재 PC나 콘솔 게임기로 하는 롤플레잉 게임의 원조라고 할 수 있다. 수기식 반자동 롤플레잉 게임이라고 생각하면 된다.

몬스터 판타지 세계관에 등장하는 괴물의 통칭이다. 오크, 고블린을 비롯해 오우거, 하피, 트롤, 스켈레톤, 드래곤 등 인간과 대적하는 괴물들이다.

던전 판타지 세계관에서 몬스터가 서식하는 동굴을 말한다. 보스를 물리치는 것을 목적으로 하는데, 클리어하면 소정의 아이템이 담긴 상자를 보상으로 얻을 수 있다.

길드 중세 유럽에서 상인이나 장인이 자신들의 이익을 위해 만든 조합을 말한다. 판타지 세계관에서는 각 직업 연합을 의미하고, 각종 퀘스트(임무)를 부여하는 역할을 한다. 게임물에서는 플레이어의 연합 단체를 의미하고, 세력 다툼의 주체로 그려진다. 레이드물에서는 헌터들의 연합 단체로 그려지고, 퀘스트를 부여하는 역할을 한다.

전리품 전투를 통해 얻는 물품을 말한다. 판타지 세계관이나 게임 세계관에서 몬스터를 물리치면 소정의 경험치를 얻음과 동시에 몬스터가 가지고 있던 아이템을 획득하는데, 보통은 이 아이템을 전리품이라고 한다.

플레이어 게임에 참여한 사람을 말한다. 보통 게임물에서 게임을 하는 사람을 일컫는데, 생존물을 가미한 현대 레이드물에서 사용되기도 한다.

기연(奇緣) 기이한 인연. 무협지에서 널리 쓰이기 시작한 용어로, 주인공을 극적으로 강하게 해주는 계기를 말한다. 악당에게 쫓기다가 절벽으로 떨어져 의식을 잃었는데, 깨어나 보니 옆에 만년설삼이 있었고, 이를 복용해 단번에 환골탈태하고 두 갑자의 내공을 얻었다는 식이다.

마력(魔力) 마법의 힘 혹은 마왕의 힘. 보통은 전자의 의미로 쓴다. 마법을 마왕에게 빌린 힘이라고 정의하는 작품에서는 후자의 의미로도 쓴다.

신물(神物) 신령스러운 물건. 신이 만든 아티팩트, 아이템 등을 이른다.

살수(殺手) 암살자. 그중에서도 청부 살인을 하는 인물을 말한다.

캐스팅 마법을 사용하는 것을 말한다. 보통 '시전(始展)'이라고 한다. 작품마다 조금씩 다르지만, 보통 마법을 쓸 때 필요한 언어(룬 문자: 마력이 깃든 문자)를 영창하고 시동어를 외치면서 사용한다. 이때 룬 문자를 영창하는 과정을 캐스팅이라고 한다. 이 개념은 TRPG 룰북《던전 앤 드래곤》에서 정립했다.

골든베스트 문피아에서 무료 연재란의 작품을 대상으로 집계한 베스트 순위표. 6개월 이내의 연재 작품 중 연재 수가 총 16화 이상인 작품을 대상으로 한다. 조회 수, 재밌어요 수, 선호작 수를 항목별로 집계한 뒤, 각 항목을 합산한 점수가 높은 순서대로 순위를 매긴다.

연독률	작품의 1화를 읽은 독자가 최신화까지 따라오는 비율을 말한다. 보통은 처음 3화와 맨 마지막 3화는 빼고 계산한다. 첫 3화는 어느 작품이나 이탈자가 많아 의미가 없기 때문이고, 맨 마지막 3화는 몰아서 읽는 독자의 비율이 어느 정도 존재하기 때문이다. 최신화가 30화라면 다음과 같은 식으로 연독률을 구할 수 있다. 연독률(%) = (27화 조회 수 / 4화 조회 수) x 100 보통 연독률이 50% 이상 되어야 시장성이 있다고 판단하고 60~70% 정도 되면 중박에서 대박을 예상한다.
지뢰	연독률이 급격이 떨어지는 부분을 지뢰라고 한다. 주인공이 장애인이 된다거나, 레벨이 초기화되거나, 히로인이 성폭행당하는 등 주인공의 매력이 급감하는 지점을 '지뢰'라 통칭한다.
진입 장벽	작품을 읽을 때 장벽으로 느껴질 만큼 읽기 힘든 구간을 말한다. 앞부분은 재미없지만 뒷부분이 재미있는 작품에서 발견된다. 보통 앞부분이 재미없으면 작품은 실패한다. 그럼에도 뒷부분을 성실하게 연재하는 작품이 있는데, 300화 이상 꾸준히 성실하게 연재했을 때 팬들이 초반부 댓글에서 진입 장벽을 언급한다. 1권까지는 힘들지만 이후부터는 재미있다는 식으로 말이다.
1인칭 같은 3인칭 기법	주인공 시점에서 주인공을 중심으로 쓰지만, 주어를 '나'가 아닌 3인칭으로 쓰는 서술법이다. 1인칭 글처럼 주인공에게 쉽게 몰입시키고, 3인칭 글처럼 다른 사람을 자유자재로 조명하기 위해 웹소설 작가들이 즐겨 쓰는 기법이다.
요약 서술법	내용을 간략하게 요약해 줄거리를 풀어놓는 식으로 서술하는 방법이다. 짧은 지면에 많은 내용을 다룰 수 있어 빠르게 설명 가능하고, 불필요한 감정을 건너뛸 수 있는 것이 특징이다. 지루할 수 있는 세계관 설명이나 발암을 느낄 수 있는 위기 장면을 쓰는 데 적합하다.
장면 서술법	구체적인 장면을 마치 영화처럼 그리는 서술법이다. 주인공에게 쉽게 몰입시킬 수 있어 감정과 상황 전달에 특화된 기법이다. 생생한 장면을 연출하는 데 적합하다.
절단신공	소설, 만화, 드라마 등 지속적으로 연재하는 콘텐츠에서 사용하는 연재 기술. 독자들의 궁금증이 고조될 때 '다음 화에 계속'이라는 자막과 함께 이야기를 끊어버리는 연출을 무협지에 등장하는 마공에 비유해 만든 용어다. 서양에서는 클리프행어(cliff hanger)라 부른다.
멱살 캐리	멱살을 잡고 이끌어간다는 의미다. 두 가지 의미가 있는데, 첫 번째는 상대방이 원하지 않음에도 억지로 잡아끌고 간다는 의미다. 두 번째는 유독 특출난 한 명이 팀 전체의 승리를 견인한다는 의미로도 쓰인다.

차례

1장

웹소설, 도대체 정체가 뭐야?

웹소설업계 현황과 주요 플랫폼 소개

현재 웹소설은 정말 핫한 분야다. 지하철이나 버스를 타면 스마트폰으로 소설 보는 분들이 많아졌다. 예전엔 게임 일색이었는데, 이젠 웹소설 독자가 굉장히 늘어났다. 그만큼 웹소설 시장은 크게 성장했다. 다음 페이지의 표를 한번 보자.

이 표는 한국콘텐츠진흥원에서 발표한 자료를 토대로 만든 것이다. 2013년부터 웹소설 매출 규모를 보여주는데, 이때 매출은 100억 원 규모였다. 이는 국내 중소기업이나 연간 순이익이 3억에서 5억 원 정도인 업체의 1년 총 매출과 비슷하다. 업계 전체 규모가 중소기업 하나의 1년 매출 수준인 셈이다. 당시 업계 분위기는 어땠을까?

정말 힘들었다. 이때까지만 해도 신인 작가의 인세는 처참했다. 권당

웹소설 시장 규모 추이

(단위: 억 원)

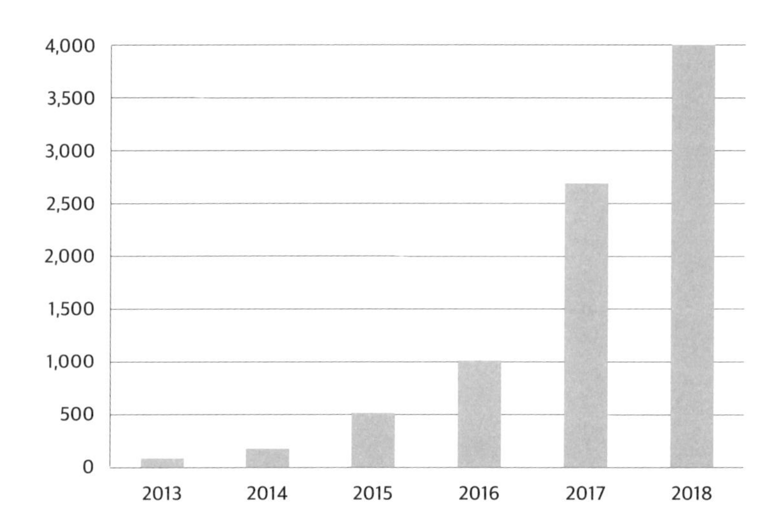

100만 원 받기도 힘들었고, 간혹 50만 원이나 60만 원짜리 계약도 했다. 이제 막 결혼한 어떤 작가는 한 달에 2~3권은 써야 생계를 유지할 수 있었다. 웹소설 시장은 바로 이런 분위기에서 출발했다.

2013년에는 업계에서 매우 중요한 이슈가 있었다. 그 유명한 네이버 웹소설을 런칭한 것인데, 네이버에서 웹툰이 크게 성장했고 그 기세를 이어 웹소설 서비스를 시작한 것이다. 그 이듬해인 2014년에는 카카오페이지가 웹소설 서비스를 시작했다. 그 밖에도 여러 플랫폼이 앞다퉈 유료 서비스를 개시했다. 리디북스를 비롯해 조아라, 문피아, 원스토어(당시 원스토어는 통합되기 전이라 T스토어북, KT북스 등 각 통신사 플랫폼이었다) 등 현재의 메이저 플랫폼들이 사업을 개시했다. 이때 구축된 유료 플랫폼은 시장에서 서서히 위력을 발휘하기 시작해 그 이후 매년 시장 규모가 두 배씩 뛰었다. 2015년에는 500억, 2016년에는 1,000억, 2017년에는 2,700억, 2018년에는 4,000억대까지 규모가 커졌다. 2019년 이후 통계는 아직 나오지 않았지만 시장이 훨씬 더 커졌다는 것은 이미 체감할 수 있다.

작가들 사이에서 2018년까지는 한 작품으로 1년에 2억 이상 벌면 대박이라고 했다. 하지만 2019년부터는 달라졌다. 2억 이상 버는 작가 수도 무척 많이 늘어났고, 예전에 2억의 수익을 올려 대박을 내던 작가들도 웹툰이나 드라마를 런칭하면서 수익 규모가 몇 배로 뛰었다. 그래서 2019년에는 한 달에 1억 원 이상 매출을 내는 작가도 많아졌다. 2019년 기준으로 업계 1위의 수입에 대해서는 의견이 분분하긴 한데, 50억 원 정도로 추정한다. 한때 생계를 유지하기 위해 한 달에 3권을 써야 간신히 250만 원 정도 벌 수 있던 시장이 이렇게 바뀐 것이다.

내가 데뷔한 해인 2014년만 해도 베스트 10위 안에 들어야 한 달에 300만~400만 원의 수입을 올릴 수 있었다. 하지만 지금은 월간 베스트 100위권 안에만 들어도 그 이상을 받을 수 있다. 다른 플랫폼도 마찬가지다. 카카오페이지, 네이버시리즈, 리디북스 등 모두 비슷하다. 즉 하나의 플랫폼에서 제대로 베스트에 안착할 수만 있으면 한 달에 200만~300만 원의 수익을 올리는 건 어렵지 않은 일이다.

이 책에서는 '어떻게 하면 베스트에 안착할 수 있을까?', '어떻게 이들 플랫폼에 진입할 수 있을까?'를 고민하고 그 해답을 찾아보겠다.

5대 웹소설 플랫폼

처음 시장에 진입하는 사람들에게 의미 있는 플랫폼 다섯 가지를 정리해보면 다음과 같다.

카카오페이지
네이버시리즈
리디북스
문피아
조아라

이 플랫폼들에는 각자 특성이 있다. 우선 크게는 카카오페이지와 네이버시리즈로 나눌 수 있는데, 카카오페이지는 대상 연령층이 비교적 낮은 판타지 장르를 주력으로 한다. 《템빨》, 《달빛조각사》, 《나 혼자만 레벨업》 등 밀리언셀러를 기록한 작품을 떠올려보면 쉽게 이해할 수 있을 것이다.

네이버시리즈는 독자 연령층이 조금 높은 편이라서, 흥행하는 작품 경향이 카카오페이지와는 다르다. 같은 판타지 장르라도 조금 더 무게

감 있는 작품이 인기 높고, 현대 전문가물과 재벌물, 무협 등의 장르가 쉽게 흥행한다. 현대 전문가물 중에는 의사가 주인공인 의학물과 연예인이 주인공인 연예계물 독자가 유독 많다. 여성 독자 수가 많기 때문인 것으로 분석된다.

리디북스는 네이버와 비슷하지만 좀 더 진중한 독자가 많다. 그렇기 때문에 별점이 박하다. 리디북스에서는 현대 전문가물 중에서도 재벌물이 강세다.

문피아도 비슷하다. 다만 여성 독자 수가 적기 때문에 고연령층 남성 독자에게 어필하는 작품이 순위권을 차지하는 경우가 종종 있다. 축구, 야구 등 스포츠물, 과거로 가서 역사를 바꾸는 대체 역사물은 다른 플랫폼에서는 인기를 얻기 힘들지만, 문피아에서는 종종 베스트 1위를 기록하곤 한다.

마지막으로 조아라는 연령층이 낮고 여성 독자가 많다. 따라서 카카오페이지와 비슷한 성향을 보인다. 가볍고 유쾌한 캐릭터를 주인공으로 삼은 판타지가 인기 있는 편이다. 하지만 2년 전쯤 문피아와 교류한 이후부터 독자 수가 많이 줄었다. 베스트 1위를 기록한 작품의 선호작 수와 조회 수가 많이 줄어든 것이다. 그래도 조아라는 중요한 플랫폼이다. 가장 큰 시장이라고 할 수 있는 카카오페이지와 성향이 비슷한 작품을 시험해볼 수 있기 때문이다. 그래서 카카오페이지를 노리는 작가들에겐 무시할 수 없는 곳이다.

연령층으로 보면 카카오페이지와 조아라가 비슷하고, 네이버시리즈-리디북스-문피아가 비슷하다.

플랫폼의 성향을 아는 것은 향후 자신의 작품을 올릴 곳을 선택하는 데 도움이 된다. 하지만 당장은 조아라와 문피아에 주목하는 것으로 충분하다. 카카오페이지, 네이버시리즈, 리디북스는 에이전시와 계약한 후에나 진입할 수 있기 때문이다. 출판사나 에이전시는 조아라 혹은 문피아 같은 오픈 플랫폼에서 베스트에 랭크된 작품을 우선 컨택한다. 따라서 신인이 선택받기 위해서는 조아라와 문피아를 이용할 수밖에 없다. 이들 플랫폼 공략법은 8장에서 자세히 살펴볼 것이다.

웹소설 작가의 수익 구조와 규모

웹소설 수익 배분 구조는?

보편적인 작가 수익 구조는 다음과 같다.

먼저 플랫폼에서 총 매출의 30%를 뗀다. 나머지 70%를 에이전시, 즉 중간 유통사와 작가가 나누는데, 그 비율은 보통 작가가 7, 에이전시가 3이다. 예를 들어 총 매출이 100만 원이라고 했을 때 플랫폼이 30만 원, 에이전시가 21만 원, 작가가 49만 원을 받는 셈이다.

웹소설의 수익 배분 구조(총 매출 100만 원 기준)

플랫폼	총 매출의 30%	30만 원
에이전시(출판사)	나머지 순 매출의 30%	21만 원
작가	나머지 순 매출의 70%	49만 원

이 구조에는 중요한 예외가 있다. 카카오페이지의 '기다리면 무료' 프로모션이 대표적이다. 기다리면 무료 전환, 대배너, 선물함을 '기무 3종 세트'라고 부르는데, 이 3종 세트를 모두 받으면 이벤트 효과가 극대화된다. 이벤트를 통해 최소 10만 명의 독자가 확보되는 것이다. 이 숫자는 굉장한 규모다.

보통 처음 유입되는 독자 수 중 10%가 유료로 따라오면 연재에 성공했다고 판단한다. 작품을 원칙대로 잘 썼다는 가정하에 카카오페이지에서 이 '기무 3종 세트'를 받으면 1만 명 정도의 유료 독자를 기대할 수 있는 것이다. 이 숫자는 모든 플랫폼을 통틀어 규모가 가장 크다. 참고로 문피아에서는 톱 3에 들어야 회당 1만 명을 기대할 수 있다. 그만큼 카카오페이지는 연재에 성공했을 때 발휘되는 파급력이 엄청나다.

하지만 장점만 있는 것은 아니다. 이런 3종 세트를 받을 경우, 카카오페이지에서는 플랫폼 수수료로 45%나 떼기 때문이다. 나머지 55%를 에이전시와 작가가 3:7로 받아 간다.

총 매출 100만 원을 기준으로 보면, 카카오페이지가 45만 원, 에이전시가 16만 5,000원, 작가가 38만 5,000원을 가져간다. 결국 작가보다 플랫폼이 더 많은 수익을 올리는 것이다. 한 작품에 대해 플랫폼이 작가보다 더 많은 이익을 가져가도 되는지 의문이 남지만, 가장 큰 시장이라는 점 때문에 많은 작가가 카카오페이지에서 작품 활동을 하고 있다.

그 밖에도 여러 수익 구조가 있다. 한 예로 공모전에 당선되면 플랫

카카오페이지 수익 배분 구조(총 매출 100만 원 기준)

카카오페이지	총 매출의 45%	45만 원
에이전시(출판사)	나머지 순 매출의 30%	16만 5,000원
작가	나머지 순 매출의 70%	38만 5,000원

폼과 직계약을 맺을 수 있다. 이 경우 에이전시 수수료가 없다. 또 에이전시가 출판사인 경우 종이책 출판을 조건으로 권당 인세를 받을 수도 있다. 신인이라면 보통 100만~150만 원을 받는데, 이렇게 권당 인세를 받으면 온라인 유통 수수료가 올라간다. 보통 에이전시와 작가는 순 매출의 3:7로 계약하는 반면, 종이책 인세를 받으면 4:6이 되는 것이다. 어떤 쪽이 더 유리한지는 작품에 따라 잘 판단해볼 필요가 있다.

웹툰, 드라마 성공 시 돈을 많이 벌까?

웹소설을 웹툰이나 드라마로 제작해 성공할 경우엔 많은 돈을 번다. 보통 웹소설 플랫폼에 런칭했을 경우에 비해 10배 이상은 번다. 이때 주 수입원은 판권 수익이 아니라 원작 판매 수익이다. 판권 수익은 상대적으로 크지 않다.

웹소설을 원작으로 한 드라마가 히트할 경우엔 작품이 단기간 폭발적으로 팔린다. 웹툰이 히트할 경우 웹툰 연재 기간 중 연재하는 날마다 베스트에 오르면서 매출이 꾸준히 증가한다. 보통 웹툰은 한 주에 1회나 2회씩 연재되기 때문에, 연재 당일마다 원작 소설이 베스트 순위를 역주행하는 것이다. 또 웹툰은 연재 기간이 긴데, 그 기간에 수입이 꾸준히 증가하기 때문에 드라마로 히트하는 경우보다 장기적으로 더 많이 벌 수 있다.

참고로 연 10억대 수익을 올리는 작가들 중에는 웹툰, 드라마로 성공한 사람이 많은 편이다. 원작 자체만으로 1년에 10억 이상 버는 사람은 그렇게 많지 않다. 반면 드라마나 웹툰이 성공하지 못했을 경우엔 기대만큼 큰 수익이 들어오지 않는다. 원작을 보러 들어오는 독자 수가 많지 않기 때문이다.

데뷔 작가는 어떻게 돈을 벌까?

웹소설 작가로 데뷔하면 우선 연재 수익이 들어온다. 이 수익이 들어오는 양상은 문피아와 네이버시리즈, 카카오페이지가 조금씩 다르다. 먼저 문피아는 매일 1화씩 연재하는 것이 보통이다. 꾸준히 1화씩 쌓아서 50화 정도 되면 유료로 전환되고 그때부터 수익을 얻는다. 이 수익은 쓰는 만큼 차곡차곡 들어온다. 100화 이상 쓰면 선독점이 풀린다.

선독점이란 '처음 100화까지는 독점적으로 문피아에 연재해야 한다'는 일종의 강제다. 100화 이상 써서 선독점이 풀리면 다른 플랫폼들에 런칭하게 되는데, 이때 크든 작든 이벤트를 건다. 이렇게 이벤트를 걸면 목돈이 좀 들어온다. 이후 연재 수익도 늘어난다. 여러 플랫폼에 동시에 연재하기 때문에 그만큼 수익도 늘어나는 셈이다.

반면 카카오페이지와 네이버시리즈는 독점 연재가 기본이다. 그래야 이벤트를 받을 수 있기 때문이다. 독점을 맺으면 앞에서 언급한 '기무 3종 세트'를 받을 수 있다.

'기다리면 무료, 대배너, 선물함.'

네이버시리즈도 카카오와 비슷하다.

'매일 10시 무료(매열무), 대배너, 선물함.'

문피아는 광고나 배너 효과가 크지 않기 때문에 이런 이벤트 약속은 중요하지 않다. 하지만 카카오페이지와 네이버시리즈는 이벤트 없이는 아무리 좋은 작품이라 해도 돈을 벌 수 없다. 그래서 반드시 이벤트를 받아야 하고, 독점을 걸 수밖에 없다.

카카오페이지에서 독점을 걸고 진행하면 먼저 120화 이상 원고를 넘겨야 한다. 독자 피드백 없이 혼자 120화를 쓰는 것은 보통 일이 아니지만, 일단 런칭되면 바로 다음 달에 목돈이 들어온다. 처음부터 받는 돈의 단위가 달라지는 셈이다. 물론 연재가 실패하면 이야기가 달라지지만, 연재 성공을 가정할 경우 첫 런칭에서 적게는 1,000만 원에서 많게는 5,000만 원까지 받는다. 완결 작품을 런칭해 억대를 받는 작가도 있다.

그렇다면 네이버시리즈와 카카오페이지는 어떤 점이 다를까? 가장 두드러진 차이점은 네이버시리즈는 독점을 할 경우 매달 이벤트를 걸어준다는 것이다. 이는 매우 좋은 시스템이다. 연재를 할수록 독자 수가 계속 줄어들기 마련인데, 매달 이벤트를 걸어주면 독자 수가 유지되거나 더 늘어날 기회가 생기기 때문이다. 카카오페이지에서는 이런 중간 이벤트를 찾아보기 힘들다. 카카오페이지에서 중간 이벤트를 받으려면 첫 런칭 이벤트 때 베스트 순위권에 들어야 한다. 그래야 선물함에 들어가거나 대배너, 소배너 등 중간 이벤트를 받을 수 있다.

이처럼 플랫폼별로 수익이 들어오는 양상은 다르다. 그래서 플랫폼을 선택할 때는 신중을 기해야 한다. 결국 내가 쓰는 작품이 어떤 플랫폼에 적합한지 파악하는 것이 중요하다(플랫폼에 대한 자세한 내용은 8장 참조).

두 번째로 들어오는 수익은 완결된 작품 수익이다. 연재가 끝나도 작품이 플랫폼에 있으면 지속적으로 수익이 들어온다. 단, 아주 큰 금액은 아니다. 내 경우 한 작품당 15만~30만 원가량 들어온다. 물론 이 수익은 계속 줄어든다. 하지만 완결한 이후 같은 필명으로 신작을 연재하면 수익이 다시 늘어나는 경향이 있다. 꾸준히 들어온다는 점에서 연금과 비슷하다.

1년에 한 작품씩 10년 정도 연재하면 매월 150만~300만 원 정도 쌓인다. 2000년 초반부터 작가로 활동하기 시작한 분들 중에는 이렇게 받는 분이 제법 많다.

이분들과 이야기해보면 열 작품 정도 런칭한 상태에서 연재를 시작하면 신작 연재에 실패해도 매월 300만 원 이상은 받을 수 있다고 한다. 작품이 하나하나 쌓일수록 그만큼 실패에 대한 위험 부담이 줄어드는 셈이다.

하지만 한두 작품을 완결해 플랫폼에 유통시킨다고 죽을 때까지 돈이 나오는 것은 아니다. 작가가 연재를 하지 않으면 완결 작품의 수입도 덩달아 끊긴다. 이것이 연금과 다른 점이라고 볼 수 있다.

03

웹소설 작가는 어떻게 완성되는가?

웹소설 작가가 되려면 가장 먼저 작품을 써야 한다. 하지만 반드시 공모전에 당선될 필요는 없다. 웹소설은 기존 순수문학계처럼 권위 있는 공모전에서 수상해야만 작가가 될 수 있는 분야가 아니다. 누구나, 아무 제한 없이 글을 올릴 수 있기 때문이다.

그럼 어떤 사람을 웹소설 작가라고 할까? 작품으로 돈을 벌었는지 여부가 웹소설 작가를 말하는 기준이 된다. 얼마나 벌었는지가 가장 중요하다. 각자 기준은 다르겠지만, 적어도 생계를 꾸릴 정도는 되어야 사람들의 인정을 받을 수 있다. 그렇다면 어떤 과정을 거쳐 데뷔할까? 다섯 단계로 살펴보면 이렇다.

작품을 쓴다.

베스트를 달성한다.

에이전시 컨택을 받는다.

유료 연재를 시작한다.

돈을 번다.

아주 직관적이고 단순한 과정이다. 그러나 이 과정을 설명하기 전에 알아두어야 할 것이 있다. 신인의 경우 공모전을 거치지 않고서는 단번에 네이버시리즈나 카카오페이지에 작품을 넣을 수 없다는 점이다. 이 두 곳은 선별된 작품을 받는 플랫폼이고, 심사를 받기 위해서는 에이전시를 통해야 한다. 따라서 이 플랫폼들과 직계약을 맺으려면 공모전에 당선되어야 한다. 소개를 받는 방법도 있지만, 신인은 불가능하다. 누구도 작품의 수익성을 보증할 수 없기 때문이다.

그래서 신인은 누구나 글을 올릴 수 있는 오픈 플랫폼, 그중에서도 규모가 가장 큰 조아라나 문피아를 이용해야 한다. 네이버 챌린지리그를 이용할 수도 있지만, 챌린지리그는 공략하기에 적합하지 않은 면이 있다. 먼저 베스트 산정 기준을 명확하게 공개하지 않는다. 최근 개편을 통해 최신성과 조회 수, 관작(관심 작품) 수를 합산해 순위를 매긴다고 하는데, 가중치를 알 수 없어 무엇을 가장 중요하게 보는지 알 수 없다. 또 독자 수도 많지 않다. 이 때문에 뚜렷한 경향성을 확인할 수 없어 공략하기 힘들다. 내 생각에, 작가가 글을 연재할 수 있는 플랫폼이 되기 위해서는 세 가지 전제 조건이 필요하다.

첫 번째, 좋은 글을 올리면 반드시 베스트에 오른다는 기대감을 주어야 한다. 이는 좋은 작품을 판단하는 명확하고 투명한 기준이 있어야 한다는 뜻이다.

두 번째, 자신의 글이 객관적으로 어떤 위치에 속하는지 확인할 수 있어야 한다.

세 번째, 매일 글을 읽어줄 수 있는 진성 독자가 충분해야 한다.

이 세 가지 조건이 충족되어야 작가는 해당 플랫폼을 '공략'할 수 있다. 공략법이 있는지 여부는 매우 중요하다. 투자한 노력 대비 성과를 기대할 수 없다면 작가는 굶을 수밖에 없기 때문이다. 그래서 많은 작가가 이 세 가지 전제 조건을 갖춘 조아라와 문피아를 이용한다. 작가가 되기 위해서는 이들 플랫폼에서 베스트를 차지해야 한다. 조아라는 적어도 하루나 이틀 정도는 투데이 베스트 상위권에 랭크되어야 하고, 문피아에서는 골든베스트 30위권까지는 진입해야 한다. 그래야 작품을 런칭했을 때 의미 있는 수입을 얻을 수 있다. 그렇게 베스트를 찍으면 에이전시에서 컨택을 받게 될 것이다.

간혹 투고에 대해 문의하는 사람이 있는데, 결론부터 말하면 투고는 좋지 않다. 투고해서 통과된 작품도 결국 앞에서 언급한 오픈 플랫폼에 시범 연재를 해 연독률을 확인하는 과정을 거쳐야 한다. 여기서 연독률이란 작품의 1화를 본 독자가 최신화까지 따라오는 비율이다. 연독률이 높을수록 유료 연재에 성공할 확률이 높다. 결국 투고한 작품도 연재를 피할 수는 없고, 시범 연재에서 좋은 성적을 받아야 비로소 런칭된다. 순위 경쟁을 하기 싫어 투고를 선호하는 사람이 많은데, 이는 좋지 않은 방법이다.

내용을 종합하면 작품을 베스트에 오르게 하는 게 데뷔 요령이다. 공모전 당선 요령도 같다. 오픈 연재 플랫폼에서 베스트에 들 수 있으면 공모전 합격 가능성이 매우 높아진다. 사실 공모전에 당선되지 않아도 데뷔하는 데는 지장이 없다. 언제든 베스트에 들면 전부 컨택을 받을 수 있고, 작가가 될 수 있기 때문이다.

그렇다면 앞으로 이어갈 이야기는 결국 '베스트에 드는 방법'이라고 할 수 있다. 종합하면, 웹소설 작가가 된다는 것은 언제든 작품을 베스트에 올릴 수 있는 능력을 기른다는 의미다. 이제부터는 그 방법에 대해 논해보겠다.

웹소설, 무엇을 쓸 것인가?

재미냐 돈이냐?

"무엇을 쓸 것인가?"

이 질문은 매우 중요하다. 로맨스든 로맨스 판타지든 판타지든 장르를 불문하고 웹소설을 쓰기로 결심했다면 꼭 한번은 짚어봐야 할 부분이다. 다음 물음에 답해보자.

Q1. 당신은 무엇을 쓰려고 하는가? 결정한 것이 있는가?

만약 있다면 노트에 적어보자. 길 필요는 없고, 간단히 한두 줄로만 적으면 된다. 작가가 되겠다고 결심한 지금 자신이 무엇을 쓸지 정하는 건 매우 중요한 일이다. 바로 여기가 시작점이기 때문이다. 자신의 위치를 파악할 수 있는 시작점을 알아야 비로소 앞으로 나아갈 수 있다. 모두 적었다면 노트에 적은 문구를 보면서 다시 질문에 답해보자.

Q2. 당신은 왜 이걸 쓰려고 하는가? 이게 아니면 안 되는 것인가? 다른 것으로 바꿀 수 있나? 바꿀 수 있다면 그건 무엇인가?

시간을 충분히 가져도 좋다. 여기서 잠시 읽는 것을 멈추고 질문에 답해보자. 자, 이제 노트에 기입한 문구들을 보면서 다시 질문에 답해보자.

Q3. 그걸 쓰고 싶은 이유는 무엇인가? 재미있을 것 같아서? 아니면 돈을 벌고 싶어서?

재미와 돈, 어느 쪽인지 아랫줄에 적어보자. 모두 적었다면 지금까지 답한 내용을 다시 한번 쭈욱 확인해보자. 거듭 강조하지만, 이 문제는 대단히 중요하다. 재미와 돈, 어느 쪽을 우선할 것인가.

결론부터 말하면, 우리는 돈에 주목해야 한다. 웹소설은 상업적인 글이다. 돈을 벌지 못하면 웹소설 작가라고 할 수 없다. 이는 부정할 수 없는 사실이다. 1장에서도 언급했지만, 이 분야에서는 데뷔했다는 기준이 돈을 벌었는지 여부이기 때문이다.

바로 이 점이 기존 문학과 명백히 다른 점이다. 문학계에선 웹소설을 배척한다. 그들 입장이 충분히 이해가 간다. 문학계는 지금까지 어떻게 해야 글이 대중에게 잘 팔리는지 연구해본 적이 없다. 관심사가 아니었다는 뜻이다.

일반적인 문학과 달리 웹소설은 돈을 벌기 위한 상업적인 소설이다. 바로 이 점에 주목해야 웹소설 작가로서 방향성을 잡을 수 있다. 돈이라는 기준이 없으면 우리가 함께 나눌 만한 이야기는 거의 없다.

생각해보라. 만약 재미가 기준이 된다면 어떤 일이 벌어질까? 재미의 기준이 하나인가? 그렇지 않다. 천차만별이다. 개인의 취향과 성향이 다르기 때문에 수많은 기준이 존재한다. 그래서 재미에 대해 이야기하다 보면 어느 것이 재미있는지 논쟁을 벌이게 된다. 이 논쟁은 끝나지 않을 것이다. 어쩌면 영원히 우열을 가릴 수 없는 논제 중 하나라고 할 수도 있을 것이다. 하지만 돈은 기준이 명확하다. 돈을 벌었는가, 못 벌었는가? 팔리는 글인가, 안 팔리는 글인가?

솔직히 말해보자. 내가 쓴 글이 팔리지 않았다면, 3년 동안 2억을 벌지 못했다면, 여러분이 이 책을 사서 읽었을까? 관심이라도 가졌을까? 진실은 단순하고 명확하다.

재미 외에도 모호한 기준이 많다. 운율, 문장, 호흡, 맞춤법 등 기존 문학계에서 중요시하던 요소들이다. 그러나 웹소설 작법에서 이런 요소들을 함께 이야기할 필요는 없다. 그저 작가 각자가 알아서 하면 되는 부분이다. 이 요소들은 돈을 버는 것과 직접 관련이 없기 때문이다.

웹소설을 많이 읽어봤다면 알 것이다. 조아라, 문피아에서 베스트를 기록한 글 중에는 맞춤법을 잘 지키지 않는 글도 많다. 맞춤법도 이런데 운율이나 호흡을 지킬까? 전혀 지키지 않아도 연간 수억을 벌어들이는 글이 많다. 이 책에서는 돈과 관련 있는 요소만 다룰 것이다. 조금 전 자신의 노트에 '재미를 위해서 쓴다'고 적은 사람도 이 점을 꼭 염두에 두길 바란다. 웹소설 작법에서는 '돈'이 모든 것의 기준이다.

작가십의 함정과 극복 방법

지금까지 웹소설 작가는 반드시 돈을 벌어야 한다고 여러 번 강조했다. 상식적인 선에서 돈을 버는 것을 취미라고 하진 않는다. 어떤 일을 일정한 목적과 계획에 따라 짜임새 있게 지속적으로 해나가는 것을 '사업'이라고 한다. 자본이 필요 없을 뿐이지 웹소설 작가가 하는 일 또한 근본적으로 한 기업의 사장이 하는 일과 같다.

그런데 대부분의 웹소설 작가 지망생들은 글을 쓴다는 데 지나치게 집중해서 이 일이 사업이라는 사실을 간과하는 경우가 많다. 그러니 지금부터는 '웹소설 쓰기는 사업이다'라는 전제하에 생각해보자. 이렇게 생각을 바꾸는 것만으로도 많은 의문이 풀린다.

습작하던 시절, 작가 모임에 나가 이런 이야기를 한 적이 있다.

"저는 법대를 나와 사법시험 공부를 5년 이상 했습니다."

이 말을 들은 어떤 작가님이 이런 조언을 해주셨다.

"그럼 법정물을 써보는 게 어떻겠니? 전공도 살릴 겸."

당시 나는 이렇게 답했다.

"법은 너무 어렵습니다. 누가 그런 지루하고 어렵기만 한 법정물을 읽겠어요?"

단번에 거절한 나는 당시 좋아하던 장르인 판타지를 썼다. 결과가 어땠을까? 쉽게 짐작할 수 있을 것이다. 내 데뷔작은 법정물인 《리걸 마인드》니 말이다(단행본 제목은 《변호사(1~6권)》다). 이런 사례만 봐도 내가 처음 웹소설을 쓰며 가진 생각이 잘못된 것이었다는 사실을 쉽게 알 수 있다.

웹소설에 도전하는 많은 습작가가 자신이 잘 쓸 수 있는 것보다 좋아하는 것을 소재로 삼으려고 한다. 사실 잘 쓰는 분야와 좋아하는 분야가 일치하면 아무 문제 없다. 하지만 이 두 가지가 일치하는 경우는 많지 않다. 그렇다면 잘하는 것과 좋아하는 것 중 무엇을 골라야 할까? 이것이 취미라면 좋아하는 걸 선택해도 된다. 하지만 사업이라면 어떨까? 생계가 걸려 있는, 반드시 돈을 벌어야 하는 사업이라면 좋아하는 아이템으로 시작할 것인가, 아니면 잘하는 아이템으로 시작할 것인가?

답은 바로 나온다. 무기를 들고 전쟁터에 뛰어드는 게 사업이다. 자신이 가진 것 가운데 가장 치명적인 무기를 들고 시작해도 성공할까 말까다. 웹소설로 돈을 벌겠다고 결심했다면, 잘하는 것으로 승부해야 한다.

자, 그럼 이제 1장에서 각자 노트에 적은 주제를 보면서 한번 판단해 보자. 이것이 내가 쓸 수 있는 가장 강력한 무기인가? 과연 나는 이것으로 돈을 벌 수 있을까? 만약 그럴 수 없다면 무엇을 할 것인가?

웹소설은 사업이나 다름없다고 했다. 그렇다면 사업의 시작은 뭘까? 바로 '시장조사'다. 사업가는 시장조사를 통해 구매자의 수요를 파악한다. 웹소설 사업에서 구매자는 곧 독자다. 따라서 시장조사를 통해 독자의 요구를 파악해야 한다. 이것이 웹소설을 쓰기 전 맨 처음 해야 하는 일이다.

웹소설 작가가 되는 법은 아주 간단하다. 시장을 분석해 독자의 요구를 파악하고, 잘 팔리는 작품을 분석한 후 그것을 참고해서 쓰면 된다. 실제로 그렇다. 잘 팔리는 작품의 공통점을 파악해 자신의 작품에 녹여내면 잘 팔린다. 즉 시장에서 통하는 작품의 공통 요소를 접목해 내 글에 녹여내는 법이 웹소설 쓰기의 핵심이다. 실제로 이렇게만 하면 누구나 웹소설 작가가 될 수 있다.

그러나 직접 해본 이들은 알겠지만, 이는 그리 쉽지 않은 일이다. 이유가 무엇일까? 아이러니하게도 우리 스스로가 '작가'가 되길 결심했기 때문이다. 작가는 내면에 대해 쓰는 사람이고, 따라서 글에 자신의 내면을 반영할 수밖에 없다.

작가가 되기로 결심한 이들 중 쓰기 싫은 글을 억지로 쓰는 사람은 없다. 작가가 되기로 결심했다면 자연스레 자신이 쓰고 싶은 글을 쓰려고 한다. 누가 시켜서 쓴다? 기본적으로 그런 글은 쓰지 못한다.

이는 중요한 의미를 지닌다. 시장에서 아무리 인기 있는 소재여도, 작가 스스로가 그 소재를 원하지 않으면 글을 쓰지 못한다는 의미다. 이건 지식의 영역이 아니다. 아무리 적합한 필법과 기술, 노하우를 안다고 해도 스스로 원하지 않으면 못 쓴다. 이건 지식이 아닌 마음의 영역이다.

예를 하나 들어보겠다. 한동안 유명 플랫폼에서 1위를 했던 로맨스 소설에 대한 이야기다. 그 작품의 남자 주인공은 검사, 그중에서도 부장검사다. 아주 멋진 직업이다. 한데 이 주인공의 나이가 스물다섯 살로 설정되어 있었다.

여기까지 들었을 때 어떤 느낌이 드는가? '도대체 뭐가 문제지?'라고 생각하는 사람도 꽤 있을 것이다. 하지만 법대를 나와 사법시험을 준비했던 나로서는 이렇게는 쓸 수 없다. 왜 그럴까?

일단, 검사가 되려면 아무리 빨라도 나이가 서른쯤은 되어야 한다. 대학교 4년 내에 사법시험에 합격한다고 해도 남성의 경우 군대 2년, 연수원 2년이라는 시간을 보내야 하기 때문이다. 이런 최단기 코스를 거쳐도 스물여덟 살이 되어야 검사로 임관되고, 또 여기에서 부장이 되기 위해서는 최소 10년은 근무해야 한다. 10년 만에 부장이 되면 초고속으로 승진한 케이스라 할 수 있다. 즉 이렇게 초고속으로 모든 단계를 밟았다고 가정하더라도 서른여덟 살에 부장검사가 될 수 있다.

앞에서 언급한 작품 속 주인공은 젊은 나이에 13년이나 일찍 부장검사가 되었는데, 그러려면 열두 살 때 사법시험에 합격하는 방법뿐이다. 참고로 역대 고등고시, 사법시험을 통틀어 최연소 합격자 나이는 16세다.

그렇다. 한마디로 이는 불가능에 가까운 설정이다. 천재적인 암기력이나 마법과도 같은 설정이 없는 한 주인공의 존재 자체가 불가능한 것이다. 부장검사 임관에 대한 사실 정보를 알고 있는 나는 이런 식으로는 쓰지 않았을 것이다. 하지만 이 소설은 한동안 플랫폼에서 1위를 차지했다.

남성향 소설에도 이런 사례가 있다. 웹소설을 많이 접해봤다면 회귀물에 대해 알고 있을 것이다. 현재는 많이 다양화되었지만, 과거에 회귀물은 자살로 시작하는 경우가 많았다. 이러한 소설 속 주인공은 현재 삶에 실패했기 때문에, 정확히는 실패했다고 생각하기 때문에 자살을 한다. 그래서 나는 회귀물을 쓸 수 없었다. 이건 또 무슨 소리일까?

나는 내 인생이 실패했다고 생각하지 않기 때문이다. 웹소설을 막 시작할 당시 내 상황은 꽤 힘들었고 남들이 보기에도 밑바닥 생활을 이어가고 있었지만, 난 내가 실패했다고 생각하지 않았다. 죽을힘을 다해 노력한 결과이기 때문에, 회귀해봤자 지금보다 더 나아질 것이란 믿음이 없었다. 과거로 돌아가도 이 이상은 할 수 없다고 생각한 것이다. 하지만 당시에는 회귀물을 쓰지 않으면 베스트에 들 수 없었고, 내 습작품은 번번이 고배를 마셔야 했다.

어떤가? 스물다섯 살 부장검사라는 설정을 할 수 없는 이유와 내 인생이 실패했다는 생각을 바탕으로 하는 회귀물을 쓸 수 없는 이유. 이는 작가인 나의 내면이 작용하는 방식이다. 나아가 원하지 않는 글을 써야 할 때, 여러분의 내면이 작용하는 방향이다.

사실 작가가 되기로 결심할 수 있는 것은 남다른 내면 때문이다. 우리의 내면은 이렇게 말한다.

'남들 이야기는 듣기 싫어.'

'나는 나만의 이야기를 할 거야.'

나는 이를 작가십(Writer Ship)이라고 부르는데, 이 작가십이 있기 때문에 작가가 되겠다고 결심한다. 하지만 아이러니하게도 작가가 되는 것을 막는 결정적인 장애물도 바로 이 작가십이다.

주변에선 그냥 시장에서 잘 팔리는 글을 쓰면 되지 않느냐고 쉽게 말한다. 사실 인기 있는 작품은 금방 파악할 수 있다. 베스트에 오른 작품을 보면 된다. 제목과 내용 소개의 핵심 키워드만 봐도 바로 알 수 있다. 하지만 그대로 쓸 수 있는지는 별개의 문제다. 대부분은 실패한다. 바로 이것이 우리의 숙제다.

어떻게 하면 작가십에 부합하면서도 독자를 만족시키는 글을 쓸 수 있을까? 작가십이 허락하는 한도에서 독자가 좋아하는 주제를 찾아야 한다. 물론 이것이 불가능한 경우도 있다. 이때는 작가십을 변형해야 한다. 독자가 원하는 것을 여러분이 쓰고 싶도록 말이다.

과연 어떻게 하면 완강한 작가십을 만족시키는 동시에 인기를 얻을 수 있을까? 내가 세운 전략은 이렇다.

"가장 먼저 베스트 작품을 찾아서 읽는다."

이것부터 하라는 이유는 쓰고 싶은 건 이미 파악했기 때문이다. 노트를 펼쳐보자. 1장을 충실하게 읽었다면 거기엔 여러분이 쓰고 싶은 것이 잘 정리되어 있을 것이다. 무엇을 쓰고 싶고, 왜 쓰고 싶은지, 그중 내가 잘 쓸 수 있는 것은 무엇인지 이미 분석을 마친 셈이다. 바로 이 분석 결과가 내면이 가리키는 방향이라고 보면 된다.

그런 다음 독자의 필요가 어떻게 형성되어 있는지, 어떤 작품이 잘 팔리는지, 내 작품은 이들과 비슷한지 아닌지 파악한다. 베스트 작품을 읽는 것은 그래서 중요하다.

그동안 작품을 많이 읽지 않았다면 지금부터라도 읽어야 한다. 그래도 늦지 않았다. 나도 웹소설 작가가 되겠다고 결심했을 때부터 읽기 시작했다. 그 전까지 내가 읽은 것은 《드래곤 라자》, 《반지의 제왕》, 《해리포터》가 전부였다. 하지만 습작기에는 엄청난 양을 읽었다. 하루에 최소 한 작품씩은 읽었던 것 같다.

그다음 단계는 베스트 작품을 읽으면서 재미있다고 느낀 작품을 찾는 것이다. 스스로 재미있다고 느껴야 그것을 쓰고 싶다는 생각이 들기 때문이다. 참고로 추리물이나 20년 전에 유행한 정통 판타지물 등 현재 시장에 없는 형태를 재밌게 보고, 그와 비슷하게 쓰고 싶어 하는 사람이 있다. 그러나 그런 작품은 요즘 웹소설 경향과는 거리가 멀다. 즉 아무리 잘 써도 반응을 얻지 못한다. 여러분이 공략해야 하는 조아라나 문피아 독자가 거의 보지 않는다는 뜻이다. 독자가 없는 글을 써서는 웹소설 작가가 될 수 없다. 따라서 자신이 좋아하는 웹소설이 어떤 종류인지 파악하고, 거기에 해당하는 글을 쓰는 것이 중요하다.

자신의 취향을 파악했다면 베스트 작품의 공통점을 찾아야 한다. 이것이 핵심이다. 많이 읽어보면 알겠지만 읽으면 읽을수록, 분석하면 분석할수록, 독자가 많이 찾는 글에는 공통점이 존재한다는 사실을 알 수 있다. 이 공통점을 찾아 자기 것으로 만들어야 한다. 공개 강의에서 내가 이렇게 말하면 꼭 다음과 같이 반박하는 사람이 있다.

"남의 글을 따라서 쓰면 표절 아닌가요?"
"저는 독창성으로 승부하겠습니다."

이런 말을 하는 것은 개념을 혼동하기 때문이다. 공통점을 찾아서 쓰라는 건 표절하라는 의미가 아니라 구조와 형태를 참고하라는 말이다. '기승전결'이나 '발단-전개-위기-절정-결말' 같은 플롯, 구성에 관한 이야기다. 이런 구성이나 구조는 원칙적으로 저작권 대상이 아니다. 상표권 등록이 되어 있을 경우 보호되긴 하지만, 이런 소설 형식에 대해 배타적인 상표권이 허가될 리 없다.

앞으로 작품을 읽어보면 웹소설 시장에 나온 거의 모든 작품의 구성이 같다는 사실을 알게 될 것이다. 여러분은 이 구성을 익혀야 한다. 그 과정에서 명심해야 할 것은 반드시 작품을 통해 '스스로' 익혀야 한다는 점이다.

단순히 남들이 말해주는 원칙만 익혀서는 안 된다. 기성 작가를 비롯한 다른 사람들이 세운 원칙과 노하우는 사실 쉽게 접할 수 있다. '글담(웹소설 작가 온라인 커뮤니티로 가입자 수는 3만 8,000여 명)' 같은 카페 게시판이나 공개 유튜브 강의를 보면 이런 노하우를 쉽게 접할 수 있다. 웹소설 작법에 관심이 있다면 한 번씩은 이런 노하우를 접했을 것이다.

어떤가? 도움이 되었나? 기성 웹소설 작가의 노하우를 듣는 것만으로 웹소설을 제대로 쓸 수 있었나? 아마 대부분은 실패했을 것이다. 노하우만 전해 듣고 웹소설을 제대로 쓰겠다는 것은 명강사의 수업만 듣고 시험에서 100점을 맞겠다는 것과 같은 수준의 생각이다.

이것이 불가능한 이유는 무엇일까? 자신의 원칙이 아니기 때문이다. 스스로 세운 원칙이 아니기 때문에 글을 쓸 때 지침으로 작용하지 못하는 것이다. 따라서 글쓰기 원칙을 스스로 세우는 것이 매우 중요하다. 그래야 자신이 쓰는 글을 제대로 바꿀 수 있다.

핵심 내용을 정리하면 다음과 같다.

1. 웹소설 작가가 되기 위해서는 베스트를 공략해야 한다.
2. 공략법의 핵심은 베스트 작품의 공통점을 찾아 자신의 원칙을 세우는 것이다.

3. 마지막 단계는 베스트 작품을 쓰는 것이다.

베스트 작품을 쓰는 것이 여러분의 최종 목표다. 좀 더 구체적으로 말하면 조아라, 문피아 중 어느 하나에는 반드시 베스트에 올리는 것이 목표다.

간혹 이들 플랫폼에서 베스트에 못 들어도 괜찮다고 생각하는 사람이 있다. '이 플랫폼이 아니더라도 어딘가엔 내 글을 봐줄 독자가 있을 거야'라고 여기기 때문인데, 이런 생각은 위험하다.

일단 남성향 판타지를 기준으로 조아라, 문피아에서 베스트에 들지 못하면 안 된다. 여기서 독자가 읽지 않는다면 글은 어디에서도 잘 팔리지 않는다. 둘 중 하나에는 베스트에 들어야 가능성이 있다.

그리고 여성향 로맨스 판타지의 경우, 조아라에서 선작(선호 작품) 1만 5,000명 이상을 기록해야 한다. 그래야 카카오페이지에서 '기무 3종 세트'를 받을 수 있다. 이 과정을 거치지 않으면 프로모션을 못 받을 확률이 매우 높다. 로맨스 판타지는 대부분 카카오페이지에서 팔리고, 카카오페이지에선 프로모션을 받지 못하면 돈을 벌지 못한다.

그러니 연재를 두려워하면 안 된다. 지금 당장은 작품을 올려도 큰 관심을 받기 힘들겠지만, 이 책에서 안내하는 대로 꾸준히 연습한다면 자신의 글이 베스트에 가까워지는 것을 확인할 수 있을 것이다.

지금까지 무엇을 쓸지, 왜 실패하는지 알아보고, 극복 방법과 기본 전략까지 세워보았다. 다음 장부터는 전략의 핵심 내용을 구체적으로 알아보겠다. 그 전에 매일 웹소설, 그중에서도 베스트에 오른 작품을 읽어보자. 끝까지 읽으면 좋겠지만 그러기 힘들다면 최소 초반 10화에서 15화까지는 꼭 읽어보길 권한다. 완결 작품도 상관없으니 재미있다고 생각하는 작품은 끝까지 읽어보자. 이렇게 베스트 작품을 읽으면서 내가 제시한 과제를 차례대로 수행해나가다 보면, 단순히 책을 읽기만 하는 것보다 많은 도움을 얻을 수 있을 것이다.

· Mission

베스트 작품 셋을 읽고 찾아낸 공통점을 필법 노트에 정리해보자(필법 노트는 원노트(OneNote) 같은 전자 필기장으로 마련하는 것이 좋다. 그래야 나중에 쉽게 찾아볼 수 있다).

· Mission Guide

본인이 생각한 공통점을 나열한다. 이후 그 공통점을 카테고리를 만들어 범주화해보면 보다 많은 내용을 확인할 수 있다.

예시 1)

주인공
강한 힘을 지니고 있다.
어려운 상황에 부딪혔을 때 비관하지 않는다.
문제를 만들기보다는 해결하는 편이다.
이성적으로 생각하며 실리적이다.

전개

초반에는 주인공의 내력과 그가 지닌 특별한 힘에 대해 설명한다.
이후 첫 번째 에피소드는 주인공이 자신의 힘을 이용해 문제를 해결하는 내용으로 이루어진다.
첫 에피소드는 비교적 단순하고 명쾌하게 해결된다.

서술법

길지 않고 단순한 문장이 많다.
초반 주인공의 내력과 세계관을 설명할 때는 간결하게 요약한다.
전생을 표현할 때는 장면으로 구성해 서술한다.

예시에서는 주인공, 전개, 서술법 등 세 가지 범주를 사용했지만 사정에 맞게 다양한 범주로 구성할 수 있다. 특히 〈예시 2〉처럼 본인이 글을 쓰면서 궁금한 부분을 범주화하면 더욱 효과적이다.

예시 2)

매 화 끝부분에서 궁금증을 유발하는 이유는 무엇일까?
기승전결의 승이나 기에서 끊는 부분이 많다.
프롤로그에서 미리 중요한 장면을 보여주기도 한다.
인물이 질문을 하고, 다음 편에서 그 답을 보여준다.
행위의 결과를 보여주지 않는다.

3장

전략의 핵심 : 코드 쓰기

웹소설에서 코드란?

앞에서 언급했듯 시장에서 잘 팔리는 글은 독자의 요구에 따른다. 하지만 글이란 작가의 내면을 반영할 수밖에 없다. 즉 잘 팔리는 글을 쓰기 위해서는 독자의 요구와 저자인 여러분의 내면을 일치시켜야 하는데, 이는 쉽지 않은 일이다. 다시 말하지만 이는 마음의 문제이기 때문이다.

사실 작가가 되기로 결심한 뒤에도 독자의 요구를 쉽게 받아들이지 못하는 가장 큰 이유는, 중요한 것을 착각하기 때문이다. 바로 '자신의 내면을 완전히 굴복시켜야 한다'고 생각하는 것이다.

'내가 원하는 것을 쓰면 절대 안 된다.'

'완전히 내려놓아야 한다.'

이런 식의 생각은 도움이 되지 않는다. 원하는 것을 완전히 내려놓고 굴복하면 오히려 글 자체를 쓸 수 없다. 내려놓겠다고 생각한 바로 그것이, 여러분이 처음 작가가 되기로 결심한 이유이기 때문이다. 2장에서 나는 이를 '작가십'이라고 정의했다. 작가십을 완전히 버리면 작가가 될 수 없다. 그 점을 명심해야 한다.

따라서 작가십을 포기해서는 안 된다. 그 대신 타협해야 한다. 무엇을? 다음 표를 보면 알 수 있다. 바로 '형태'에 대한 부분이다.

market	writing
Reader's Needs	My Inner Side
형태	내용

위 표를 보자. '형태'는 곧 독자가 관심을 갖는 영역이다. '내용'은 작가가 각자 알아서 할 수밖에 없는 영역으로 남에게 배울 수도 없고, 스스로 만들어야 한다. 따라서 독자의 관심을 끌 수 있는 '형태' 부분에서 자신의 작가십과 타협을 봐야 한다. 그렇다면 타협하기 위해 가장 먼저 필요한 것은 무엇일까? 바로 '무엇이 형태인지' 아는 것이다.

우리는 글을 통으로 이해한다. 글을 굳이 형태와 내용으로 구분하며 읽지 않는다. 그렇기 때문에 "똑같이 따라 쓰거나 비슷한 부분이 보이면 무조건 표절이야. 그러니 난 독창성만 가지고 승부할 거야" 같은 이야기를 한다. 하지만 글을 형태와 내용이라는 두 차원으로 나눠서 보면 모든 것이 명확해진다. 우리는 이 중 형태에 대해서만 이야기할 것이다. 왜? 독자는 내용보다는 형태에 더 먼저 반응하기 때문에. 그리고 내용은 각자 알아서 하는 것이기 때문에.

2장에서도 언급했듯 형태를 알기 위해선 먼저 베스트 작품의 공통점을 파악해야 한다. 이 공통점이 바로 형태에 대한 것이기 때문이다.

그런데 만약 형태뿐만 아니라 내용에도 공통점이 있다고 한다면? 그것이 바로 '표절'이다. 형태와 내용 모두 다른 작품과 같을 때, 그 작품을 표절작이라 할 수 있다. 하지만 형태만 따서 쓰는 것은 표절이 아니라는 점을 명심하자.

웹소설 작가로 성공하려면 베스트 작품의 공통적 형태를 익혀야 한다. 나는 이 공통적인 형태를 '코드'라고 부른다. 코드는 독자가 작품을 보는 이유다. 코드가 들어가야 독자층이 형성된다는 의미다. 만약 작품에 코드를 쓰지 않는다면 처참한 조회 수를 경험할지도 모른다.

아무리 아름다운 문장으로 가득 채워 매일 성실하게 연재한다고 해도, 코드가 없으면 백 단위, 심지어 십 단위 조회 수가 나온다. 만약 문피아나 조아라에 올린 여러분의 글 조회 수가 이 정도라면, 코드를 잘 쓰고 있는지 확인해봐야 한다.

코드의 종류는 다양하다. 대표적인 것으로 '회귀'가 있다. 회귀는 모든 장르를 통틀어 인기 있는 코드다. 남성향 판타지에선 S급이나 역대

급 등 '최고'를 지칭하는 코드가 있고, 여성향에선 악녀 같은 '걸크러시' 성향을 드러내는 코드도 있다. 이 밖에도 많은 종류의 코드가 있다.

코드 쓰는 법을 제대로 익히면 그만큼 베스트에 가까워질 수 있다. 앞으로 안내하는 웹소설 쓰기 과정은 코드라는 형태에 내면을 주입하는 작업이다.

· **Mission**

지금까지 살펴본 베스트 작품의 공통점을 카테고리로 범주화해보자.

판타지 코드의 개요

앞에서 코드를 이렇게 정의했다.

'베스트 작품이 공통적으로 지닌 요소.'
'독자가 작품을 보는 이유.'

동시에 코드는 내용이 아닌 '형태'라고도 했다.

코드는 포장지와 같다. 포장을 본 순간 '이건 어떤 물건이구나' 하고 판단하는 것처럼 독자는 코드를 보고 작품을 읽을지 말지 결정한다. 그렇다면 독자는 맨 처음 어떻게 작품의 코드를 확인할까?

99%는 제목이다. 독자는 제목을 통해 그 작품의 코드를 확인한다.

지금부터 짚어볼 '판타지 코드'는 작품 제목을 기준으로 분류한 것이다. 나는 판타지 코드를 크게 세 가지 기준에 따라 분류했다.

첫 번째 기준, 주인공이 성장하는지 여부 - 성장물과 먼치킨물

간단한 기준이다. 주인공이 성장하면 성장물이고, 성장하지 않고 처음부터 막강한 힘을 지니고 있다면 먼치킨물이다.

성장물의 특징을 정리하면 이렇다.

주인공은 에피소드를 거듭할수록 강해진다.

보통 성장물이라고 하면 약한 주인공이 강해지는 이야기를 말하지만, 요즘 추세는 강한 주인공이 더 강해지는 식으로 그린다. 초반에 주인공이 약하면 조금 답답한데, 이를 해소하기 위해 초반부터 강한 캐릭터로 설정하는 것이다. 따라서 처음 등장하는 주인공이 강하든 약하든, 에피소드를 통해 성장하고 강해지는 형태로 전개된다면 성장물이라 보면 된다.

성장물의 핵심은 '주인공의 힘이 얼마나 강해졌는가'다.

성장물에서는 주인공이 얼마나 강해졌는지가 매우 중요하다. 각 에피소드가 끝날 때마다 주인공이 얼마나 강해졌는지, 또 얼마나 좋은 아이템을 얻었는지 부각하는 이유가 바로 이 때문이기도 하다. 그래서 이런 성장물에서는 주인공이 얼마나 강해졌는지 직관적으로 보여주기 위해 보통 몇 가지 체계를 사용한다.

대표적으로 게임물이나 레이드물에서 사용하는 '레벨업'이 있다. 게임처럼 레벨이 올라가는 것을 표현하면 주인공이 강해진 정도를 숫자로 표현할 수 있다.

무협에도 레벨과 비슷한 시스템이 있다. 무공 성취 여부를 1성부터 10성까지 나열하는 것이다. 판타지에서는 마법사의 수준을 서클로 표현한다. 1서클 마법사부터 10서클 마법사까지 존재한다. 주인공이 기사라면 익스퍼트, 마스터, 그랜드 마스터 등으로 단계를 표현한다. 제목에서도 흔히 볼 수 있는 표현이다. 이런 체계는 독자적으로 만들기도 한다. 레벨업 대신 새로운 단위를 만든다든가, 아예 기준점을 새로 잡기도 한다.

이처럼 체계를 직접 설계할 때 중요한 것은 너무 복잡하면 안 된다는 것이다. 설명이 길어지면 지루해지기 때문이다. 무엇보다 단순하고 직관적으로 보여줄 수 있어야 한다는 점을 명심하자.

현재 유통되는 대부분의 판타지 작품은 성장물에 속한다. 모든 플랫폼에서 두루두루 잘 통하는 코드라고 할 수 있다. 사실 성장 요소가 없으면 길고 재미있게 쓰기가 매우 힘들다. 그럼에도 시장에는 주인공이 성장하지 않는 먼치킨물이 존재한다.

먼치킨물은 처음부터 주인공이 압도적인 힘을 지닌 것으로 설정한 작품을 말한다. 너무나 강하기 때문에 성장할 필요가 없다. 그래서 '주인공의 성장'이 아니라 '문제 해결'에 방점이 찍혀 있다.

성장물에는 주인공의 성장과 문제 해결을 병행하는 에피소드가 많다. 하지만 먼치킨물에서는 철저하게 문제 해결 중심으로 이야기를 풀어간다. 일반적인 판타지물에는 먼치킨물이 거의 없는데, 성장을 배제하면 이야기가 너무 심심해지기 때문이다. 보통 먼치킨 코드를 사용하는 장르는 현대 판타지, 그중에서도 전문가물이 많다. 대표적인 것이 그 유명한《닥터 최태수》다.《이것이 법이다》와 나의 데뷔작인《리걸 마인드》도 법정 전문가물로 이에 속한다. 의사나 변호사, 판사, 연예인, 프로듀서 등 현대의 전문가를 주인공으로 하는 작품은 전부 먼치킨물로 볼 수 있다. 이런 전문가물에서 주인공은 레벨업을 하지 않는다. 각성하거나 회귀하면서 막강한 능력을 지니게 되고, 그 능력으로 문제를 해결해나간다.

먼치킨물에서는 '문제 해결 과정'에 중심을 두기 때문에, 작가는 작품에서 문제가 해결되는 과정을 흥미진진하게 그리는 데 집중한다. 독자는 문제가 해결되면서 느끼는 힐링 요소에 열광하며 작품을 즐긴다.

주인공이 처음부터 강한 작품을 전부 먼치킨물로 분류하는 견해도 있지만, 나는 이에 찬성하지 않는다. 이렇게 분류하면 이야기의 형태상 차이가 명확하게 구분되지 않기 때문이다. 강한 주인공이 더 강해지는 식으로 그리는 작품은 결국 일반적인 성장물과 같은 형태로 전개되기 때문에 구분할 이유가 없다. 이 점에서 나는 성장하는지 여부로 성장물과 먼치킨물을 구분하는 것이 타당하다고 생각한다.

두 번째 기준, 주인공의 시작점

주인공의 시작점에 따라 코드는 여러 가지로 나뉜다.

첫 번째로 회귀를 들 수 있다. 실패한 인생을 산 주인공이 과거로 돌아가 다시 인생을 사는 형태의 이야기를 '회귀물'이라고 한다.

두 번째는 귀환이다. 보통 이세계를 평정한 주인공이 본래 세계로 돌아와 시작하는 형태의 이야기를 '귀환물'이라고 한다.

세 번째는 빙의다. 책 속 주인공이나 엑스트라의 몸에 빙의하는 형태의 이야기다. 요새는 책 이외에 게임 캐릭터에 빙의하는 형태도 심심치 않게 보인다. 주로 로맨스 판타지에서 쓰던 형태인데, 지금은 남성향에서도 종종 사용한다.

네 번째는 각성으로 어느 순간 갑자기 능력이 생기는 형태의 이야기다.

다섯 번째는 스승이다. 이는 능력이 갑자기 생기는 것이 아니라 스승에게 배움으로써 능력을 갖추게 되는 형태의 이야기다. 배우는 과정이 다른 코드와 비교해 새롭기 때문에 간혹 큰 성공을 거두는 경우가 있다.

이렇게 간단하게 다섯 가지로 구분해보았다. 그렇다면 왜 이런 코드를 사용할까? 맨바닥에서 시작하는 것이 너무 답답하기 때문이다. 성장물을 쓸 때 주인공이 너무 약하면 초반에 답답하게 느껴질 수밖에 없다. 가뜩이나 주인공의 매력을 어필해야 하는 초반부에 이런 답답한 느낌이 들면 독자에게 좋지 않은 인상을 준다. 이를 해결하기 위해서 앞의 다섯 가지 장치를 사용하는 것이다.

10년이나 20년 전에 유행하던 무협 소설의 줄거리는 대체로 비슷하다. 주로 마교가 쳐들어와 주인공 집안을 멸망시키고, 아무것도 없는 주인공이 밑바닥부터 시작한다. 그 과정은 무척 처절하다. 개방(무협 소설 속 거지들이 모여 만든 문파)에 속해 구걸을 하는가 하면, 산속에서 숨어 다니며 풍찬노숙을 하기도 한다. 이런 과정은 현시대엔 공감을 얻지 못할 뿐만 아니라 너무 답답하게 느껴져 재미를 주지 못한다. 그래서 이를 고민하던 작가들은 시작점 자체를 차별화했다. 100미터 달리기로 치면 30미터쯤 앞으로 나가 시작하게 만든 것이다. 아니면 다른 사람들은 달리기를 하는데, 혼자 자전거나 자동차를 타고 가도록 설계했다.

이 시도는 기가 막히게 먹혀들었고, 이제 독자는 이처럼 수월하게 시작하는 작품 외에는 거들떠보지 않는다. 예전처럼 마음만 순수한 밑바닥 계층 주인공이 열심히 노력해 산전수전 다 겪어가며 힘들게 꾸역꾸역 올라가는 이야기는 더 이상 어필하지 못하게 된 것이다. 지금 웹소설에선 이처럼 빠른 설정이 필요하다. 그런 이유로 앞의 코드가 탄생했다고 보면 된다.

세 번째 기준, 주인공 능력의 종류

주인공 능력의 종류는 매우 다양하다. 검을 쓴다면 검사, 창을 쓴다면 창기사, 활을 쓴다면 궁수, 마법을 쓴다면 마법사다. 현대 직업물도 종류가 많다. 의술을 하는 의사와 한의사, 사법시험에 합격한 판사나 검사, 변호사.

연예인도 많다. 노래를 잘 부르는 가수가 있는가 하면, 작곡을 잘하는 작곡가도 있고, 연주를 잘하는 연주자도 있다. 연기를 잘하는 배우나 프로듀서 주인공도 아주 인기 있다. 최근에는 수의사를 비롯해 세무사, 코더(코드 개발자), 건축가 주인공도 인기를 얻고 있다.

제목만 두고 보면 이렇게 주인공의 능력을 어필한 코드가 절반 이상을 차지한다. 그만큼 주인공의 능력은 코드에서 중요한 부분을 차지한다고 볼 수 있다.

코드는 결국 무엇을 말할까?

주인공이 성장하는지 여부, 시작점, 능력.

이 세 가지 기준을 가지고 코드를 정리해보았다. 이들을 정리하면서 어떤 느낌을 받았는지 자문해보자.

성장인가, 먼치킨인가?

시작점은 어느 지점부터인가?

능력의 종류는 무엇인가?

이 물음에 답하다 보면 이 코드들이 무엇을 말하는지 금세 눈치챌 것이다.

그렇다. 이들은 모두 주인공을 말하고 있다. 그중에서도 주인공의 힘에 대해 이야기한다. 주인공의 힘이 성장하는지, 아니면 성장할 필요도 없이 아주 강력한지. 주인공은 어떤 지점에서 성장하기 시작하는지, 회귀를 통해서 하는지, 귀환하는지, 빙의하는지, 각성하는지, 아니면 스승에게 사사하는지, 그리고 주인공은 어떤 분야에 강한지.

이 모든 것이 주인공의 힘에 관련된 분류라고 할 수 있다. 결국 모든 판타지 코드가 가리키는 방향은 주인공의 힘인 것이다. 주인공의 강력함. 바로 이것이 판타지 코드를 개관하면서 얻을 수 있는 통찰이다.

남성향 판타지 소설을 읽는 독자는 주인공의 힘, 강력함에 관심을 보인다. 그렇다면 주인공의 힘을 어필하는 방향으로 글을 써야 한다는 지극히 당연한 결론을 얻을 수 있다.

다음 파트에서는 주인공의 힘을 어필하는 방법 중 첫 번째로 회귀 코드에 대해 집중적으로 살펴보겠다. 회귀 코드를 쓴 베스트 작품을 읽고 나서 확인한다면 좀 더 쉽게 이해할 수 있을 것이다.

· Mission

회귀 코드를 쓴 베스트 작품을 읽고 공통점을 정리해보자.

장르를 관통하는
회귀 코드에 대해 알아보자

앞에서는 판타지 코드를 개관했다. 크게 ① 주인공이 성장하는지 여부, ② 시작점, ③ 능력의 종류를 기준으로 코드를 분류해봤다. 이 기준은 작품을 설계할 때 지침으로 활용할 수 있다. 설계 지침으로 활용할 때는 다음처럼 순서를 바꿔보면 작품을 효율적으로 설계할 수 있다.

첫 번째, 주인공이 어떤 능력을 발휘하게 할지 결정한다.
두 번째, 그 능력을 지닌 주인공의 시작점을 결정한다.
마지막으로 주인공이 성장하는지 여부에 따라 성장물을 쓸지, 먼치킨물을 쓸지 결정하면 무리 없이 주인공에 대한 초안을 작성할 수 있다.

이런 식으로 초안을 작성하면 이미 작품을 쓰기 시작한 것이나 다름없다. 주인공이 어떤 능력을 지니고 있고, 어떻게 시작하며 성장을 시킬지 말지 결정하면 독자가 가장 관심 있게 보는 지점을 설정한 셈이니 말이다.

하지만 이것만으로는 글을 쓰기 어렵다. 주인공에 관련된 주요 사항을 결정했다고 해도 글 초반을 전개하는 문제가 남는다. 아무리 주인공을 멋진 캐릭터로 설정했다 하더라도 제대로 전개하지 못하면 독자가 코드를 알아볼 수 없다. 그래서 초반 전개가 매우 중요하다. 이 작품을 어떤 코드로 썼는지 확인할 수 있는 중요한 단서이기 때문이다.

이번 파트에서는 독자에게 '이 작품이 제대로 쓰인 회귀 코드 작품이다'라는 것을 어필하는 방법을 살펴보겠다. 앞에서 언급했듯 회귀 코드란 '실패한 인생을 산 주인공이 과거로 돌아가 새로운 인생을 사는' 이야기다.

이를 전제로 생각해보자. 독자 입장에서 맨 처음에 뭘 써야 '이것이 회귀 코드구나' 하고 느낄 수 있을까?

첫 번째, 실패한 과거사를 써야 한다

과거사에서 주인공은 반드시 실패해야 한다. 그렇다면 성공했을 경우엔 어떻게 될까? 회귀할 이유가 없어진다.

다만 실패의 양상은 다를 수 있다. 인생 자체가 실패할 수도 있지만 다른 경우도 있다. 나름 성공한 인생을 살던 주인공이 음모에 빠져 죽거나 모종의 이유로 회귀하는 경우가 바로 그것이다. 이때 주인공은 이미 성공한 인생을 살았기 때문에 독자의 기대감을 더욱 증폭시킬 수 있다.

주의할 점은 실패 양상에 따라 주인공의 동기가 달라진다는 것이다. 실패한 인생을 살았기 때문에 회귀한 경우 주인공의 동기는 '이번 생에선 실패하지 않을 거야', '반드시 성공한 인생을 살아야지'라는 식으로 결정된다. 이것이 일반적인 회귀물에서 주인공에게 주어지는 동기다.

하지만 주인공이 음모에 빠져 억울하게 죽어서 회귀하면 어떻게 될까? 자연스럽게 주인공을 음모에 빠뜨린 대상에게 복수심을 갖게 된다. 그러면 회귀한 이후 삶의 목적이 복수가 된다. 이 복수심을 그대로 주인공의 주요 동기로 삼아도 되지만, 변형해도 좋다. 복수가 동기가 되어버리면 작품 전체 분위기가 무거워질 수도 있기 때문에 변형하는 경우가 많다.

주인공이 음모에 빠져 회귀나 빙의를 했는데 좋은 상황에 놓이게 된 작품을 떠올려보자. 권력 있는 집안의 막내아들이나 재벌집 막내아들이 된 경우 등이 있을 것이다. 이렇게 주인공이 처한 상황이 좋아지면 주인공은 '복수는 천천히 하고 지금 상황을 즐겨야겠다'라고 마음먹을 수 있다. 이런 식으로 동기를 변형한 작품이 많고 그들이 거둔 성적도 매우 좋은 편이다. 이처럼 과거사를 쓸 때는 주인공이 앞으로 지녀야 할 동기까지 고려해서 써야 한다.

두 번째, 회귀를 써야 한다

회귀, 즉 과거로 돌아갈 때 작가는 주인공에게 어떤 능력을 줄지 선택할 수 있다. 물론 단순히 회귀한 것만으로도 주인공에겐 커다란 이점이 있다. 바로 '미래'를 안다는 것이다. 여기에 추가로 새로운 능력을 부여하면 독자가 좋아한다. 그만큼 주인공이 강해지기 때문이다. 따라서 주인공의 시작점으로 회귀 코드를 쓸 때는 주인공에게 능력을 줄지 여부를 결정해야 한다.

세 번째, 새로운 인생을 사는 이야기를 써야 한다

주인공이 회귀해서 새로운 인생을 살 때, 주인공의 과거를 무대로 할 수도 있고, 빙의시켰다면 빙의한 인물의 현실을 무대로 삼을 수도 있다. 이때 중요한 것은 새로운 인생은 성공하리라는 기대감을 품고 있어야 한다는 사실이다.

그래서 회귀한 이후 첫 에피소드는 반드시 성공을 거두는 이야기여야 한다. 주인공이 회귀하면서 특정 능력을 얻었을 경우, 그 능력을 발휘해 성공해야 한다. 주의할 점은 첫 에피소드가 너무 길어져서는 안 된다는 것이다. 능력을 최대한으로 발휘해 너무 거창한 이야기를 쓰면 독자가 지칠 수 있다. 아직 초반부이기 때문에 독자가 주인공에게 마음을 다 열지 않은 상태다. 너무 길고 장황하면 이야기를 따라가기가 쉽지 않을 것이다. 이를 염두에 두고 첫 에피소드의 분량을 조절해야 한다.

회귀 코드를 쓰기 위해선 앞의 세 가지 원칙을 전부 초반부에 녹여내야 한다. 주인공의 실패한 과거사가 나오고, 회귀를 해서 새로운 인생을 사는 것을 보여주는 것이 중요하다. 이 과정이 모두 성공적으로 초반부에 녹아 있으면, 독자는 '아, 이 작품은 회귀물이구나' 하고 알아차릴 것이다. 이렇게 독자가 관심을 갖도록 하기 위해서는 앞의 세 가지 요소를 반드시 초반부에 전부 써야 한다. 그렇다면 초반부는 몇 화로 써야 할까?

내가 데뷔한 2014년경에는 회귀하는 내용을 10화까지 쓴 작품도 간혹 있었다. 하지만 지금은 3화를 넘어가면 위험하다. 현재 베스트를 점하고 있는 대다수 작품이 회귀 코드의 세 가지 원칙을 1화 안에 전부 쓰기 때문이다. 그래서 5화나 10화까지 쓰면 독자는 지루하다거나 너무 늘어진다고 느껴 보지 않게 될 가능성이 높다.

그러므로 1화 안에 세 요소를 전부 녹여내 쓰는 연습을 해야 한다. 앞에서 미션을 수행했다면 회귀 코드로 쓴 베스트 작품을 읽어봤을 것이다. 초반 5화까지만 봐도 본 장에서 설명한 요소가 전부 포함되었다는 것을 확인할 수 있다.

· Mission 1

회귀 코드가 아닌 베스트 작품 셋을 골라 5화까지 읽어보자.

· Mission 2

Mission 1을 통해 읽은 작품 중 한 작품의 1화를 요약해 필법 노트에 정리해보자.

· Mission Guide

한 화를 요약 정리할 때는 다음 원칙을 따르면 수월하다.

1. 핵심 에피소드를 중심으로 요약한다.
2. 주인공을 빼놓지 말아야 한다.
3. 마지막 장면 연출을 놓치지 말아야 한다.

한 화를 자세히 뜯어보면 메인 스토리와 작은 에피소드로 구성되는데, 이 중 메인 스토리(핵심 에피소드)에 집중해야 흐름을 놓치지 않을 수 있다.
또 주인공이 아닌 조연에 집중해 정리하면 요약의 의미가 퇴색된다. 작품 주인공을 어떻게 설정했는지 참고해야 하기 때문이다.
그리고 마지막 장면 연출은 한 화를 쓸 때 작가가 가장 신경 쓰는 부분이다. 연독률과 직결되는 부분이기 때문이다. 6장에서 자세히 다루는 만큼 미리 확인해둔다면 많은 참고가 될 것이다.

이상의 원칙을 지키면서 필법 노트에 정리해두길 권한다. 이렇게 정리해 두면 작품을 다시 펼쳐보지 않아도 공통점을 찾거나 분석하기가 한결 쉬울 것이다.

Mission 2 예시)

《리걸 마인드》 1화
악덕 변호사 이야기.
실력은 좋지만 그 실력으로 나쁜 짓을 하는 악덕 변호사.
그는 모종의 임무를 완수하고 앞으로 밝은 미래를 꿈꾸다가 죽는다.
죽는 순간 귓가에 들리는 목소리 - "죗값을 치러야지."
잠에서 깨는 주인공.
일과 시작.

회귀 코드를 쓰기 싫다면? 귀환, 빙의, 각성, 스승을 쓴다

앞에서 알아본 회귀 코드에 대해 다시 정리하고 넘어가보자. 회귀 코드를 쓰기 위해서는 세 가지를 반드시 넣어야 한다고 했다.

첫 번째, 주인공의 실패한 과거사가 드러나야 하고
두 번째, 회귀를 해야 하며
세 번째, 새로운 인생을 살아야 한다.

실패한 과거사를 쓸 때는 두 가지 양상이 있다고 정리했다. 인생이 실패하든가, 아니면 성공한 인생을 살았지만 모종의 이유로 죽든가. 그리고 회귀할 때는 능력을 줄지 여부를 결정해야 한다고 했고, 새로운 인생을 시작하는 부분에서는 주인공의 능력으로 성공하는 에피소드를 짧게 써줘야 한다고 했다. 그리고 이 모든 것을 초반부 3화 안에 풀어내야 한다고 정리했다.

아마 지금까지 미션을 착실하게 수행해왔다면, 더불어 회귀 코드를 쓴 베스트 작품을 5화까지 읽어봤다면 앞에서 언급한 요소들이 빠짐없이 포함되었다는 사실을 확인할 수 있을 것이다. 그렇다면 이런 질문이 떠오를지 모른다.

"웹소설을 쓸 때는 꼭 회귀 코드를 사용해야 성공할 수 있을까? 다른 코드를 쓸 수는 없을까?"

회귀 코드 이외의 코드를 쓰고 싶은 사람들이라면 다음 내용에 주목하자.

회귀 코드의 장점은 가지고 간다

사실 회귀 코드는 대리만족이라는 면에서 매우 유리하다. 첫 번째 이유는 주인공의 동기가 뚜렷하기 때문이다. 회귀 코드를 쓴 작품은 공통적으로 '잘 살고 싶다', '이번엔 반드시 성공한 삶을 살아야지'라는 식으로 동기가 매우 뚜렷하고, 따라서 독자가 주인공에게 쉽게 몰입할 수 있다.

두 번째 이유는 주인공에게 압도적으로 유리한 세상이 펼쳐지기 때문이다. 나는 이를 '세계 적합성'이라고 칭하는데, 세상이 주인공에게 맞춰져 있다는 의미로 쓴 용어다. 주인공은 미래에 일어날 사건을 알고 있다. 그렇기 때문에 별다른 능력을 주지 않아도 주인공은 다른 인물들에 비해 훨씬 유리한 조건을 갖추고, 자연스레 주인공에 대한 기대감도 생긴다.

세 번째 이유는 주인공이 이미 연륜을 쌓은 상태로 시작한다는 점이다. 비록 실패한 인생을 살았지만 지난 세월의 경험이 있기 때문에 올바른 선택을 할 수 있다. 이것만으로도 출중한 능력을 지닌 셈이다.

회귀 코드가 아닌 다른 코드를 쓰고 싶은 사람들이라도, 회귀 코드가 지닌 이 세 가지 이점에 주목해야 한다. 앞에서 판타지 코드를 개관하면서 독자는 주인공의 힘과 강력함에 관심을 보인다고 언급했다. 회귀물은 앞에서 짚은 세 가지 측면에서 독자를 강하게 끌어당긴다. 동기가 뚜렷한 주인공이 자신만이 유리한 세상에서 남들과 차별되는 능력을 발휘할 수 있기 때문에 다른 코드에 비해 부각되는 것이다. 바로 이 같은 점 때문에 회귀 코드가 판타지를 비롯해 로맨스와 로맨스 판타지 등 모든 장르에 걸쳐 아직까지 큰 인기를 누리고 있다.

따라서 회귀 코드를 쓰지 않으려면 '뚜렷한 동기', '세계 적합성', '차별적인 능력'을 보완할 수 있어야 한다. 이 점을 어떻게 보완해야 할지 염두에 두고 다음을 살펴보자.

1. 귀환 코드

귀환 코드는 다른 세계를 평정한 주인공이 현실 세계로 돌아와 사건을 일으키는 이야기다. 진설우 작가의 《서울역 네크로맨서》나 《서울역 드루이드》가 대표적이다.

기본 구조를 살펴보자. 우선 다른 세계를 평정했으므로 주인공의 능력은 이미 압도적이다. 하지만 두 가지가 결여되어 있다. 바로 '동기'와 '세계 적합성'이다. 귀환 코드에는 주인공이 현실 세계로 귀환해 무슨 일을 할지, 세상이 주인공에게 얼마나 맞춰져 있는지, 이 두 가지가 빠져 있다. 이 점이 회귀 코드와 다른 점이다.

따라서 귀환 코드를 쓸 때는 반드시 동기와 세계 적합성을 직접 설정해야 한다. 예를 들어보자.

'판타지 세계에서 마왕을 물리친 주인공이 집에 돌아왔더니 세상이 변해 있었다. 포털이 열리고 그 속에서 마물들이 쏟아져 나온 것이다.'

여기서 마물은 판타지 세계의 몬스터 같은 것이다. 주인공 입장에서 일단 혼란스럽겠지만 동기는 생긴다. '가정을 지켜야겠다', '친구를 지켜야겠다' 등 싸워야 하는 이유를 찾게 되는 것이다.

동시에 현실 세상을 보자. 마물이 쏟아져 나오는 세상은 물론 힘들겠지만, 주인공 입장에서 그리 나쁘지만은 않다. 주인공이 가장 잘하는 일을 할 수 있기 때문이다. 그 일을 할 때마다 보상이 쌓일 테고, 지금 보다 더욱 잘 살게 될 것이 뻔하다. 게다가 주인공은 마왕까지 잡은 경력자다. 이에 따라 독자의 신뢰감은 대폭 상승할 것이다. 이렇듯 상황을 잘 설정해야 동기가 부여되고 세상이 주인공을 중심으로 돌아가면서 회귀 코드와 다름없는 흡인력을 갖춘다.

2. 빙의 코드

빙의도 매우 핫한 코드다. 유려한 작가의 《백작가의 망나니가 되었다》가 빙의 코드를 쓴 대표적인 작품이다. 빙의 코드를 정의하면 이렇다. 현실을 살던 주인공이 어느 날 갑자기 모종의 이유로 다른 인물의 몸에 빙의하는 것이다.

빙의된 세상은 다양해서 그 세상에 따라 장르가 바뀌기도 한다. 예전에는 단순히 다른 세계, 이를테면 판타지 세계라든가 무협 세계의 인물로 주인공이 빙의하는 형태로 빙의 코드를 사용했다. 하지만 지금은 아무런 연고 없는 제3자에게 빙의하는 형태로는 잘 쓰지 않는다. 대리만족 효과가 약하기 때문이다.

회귀 코드와 비교해보면 쉽게 이해할 수 있다. 회귀 코드에서는 주인공이 회귀하면 기본적으로 미래를 알 수 있다(세계 적합성). 자세히는 몰라도, 자신이 살던 세계의 정보를 다른 등장인물에 비해 압도적으로 많이 아는 셈이다. 바로 이 점 때문에 독자는 큰 기대감과 만족감을 느끼면서 작품을 읽을 수 있다.

빙의물에서 이런 기대감을 주기 위해서는 빙의한 인물이 사는 세상이 무작위로 선정한 세상이면 안 된다. 어떻게든 주인공과 연결되어 있어야 한다. 또 주인공은 자신이 빙의된 세계의 정보를 많이 알고 있어야 한다. 그렇지 않다면 힘든 현실을 살아가는 것과 다를 바 없기 때문이다. 즉 기대감 자체가 생기지 않는다.

그래서 빙의 코드를 써서 성공한 작품을 보면 대개 주인공이 책이나 게임으로 빙의하는 설정을 확인할 수 있다. 주인공이 이미 전부 읽어서 내용을 잘 알고 있는 책 속 인물로 빙의하거나, 본인이 클리어한 게임 속으로 들어간다. 사실 책과 게임이 아니더라도 상관없다. 주인공이 잘 아는 세상 속 인물로 빙의하기만 하면 회귀 코드와 같은 효과를 낼 수 있다.

그런데 간혹 작품 설계 단계에서 이런 질문을 던지는 사람이 있다.

"회귀 코드를 쓰는데 과거를 기억하지 못하는 주인공은 어떻습니까?"

"책 속에 빙의한 빙의 코드를 쓰는데 주인공이 그 책 내용을 모른다면 어떨까요?"

과연 어떨까? 이렇게 쓰는 것은 웬만하면 추천하지 않는다. 독자의 기대감이 무너지기 때문이다. 하지만 '대체로 기억하지만 일부는 잘 기억나지 않는다'는 식으로 쓰는 것은 가능하다. 이렇게 쓸 때는 기억나는 부분을 잘 활용해 다른 인물에 비해 주인공의 위치가 압도적으로 유리하게끔 묘사해야 한다.

3. 각성 코드

각성 코드는 갑자기 주인공에게 능력이 생기는 형태로 진행되는 이야기다. 이유는 묻지 않는다. 아무거나 갖다 붙여도 상관없을 정도다. 주인공이 선행을 해서 죽었는데 그 대가로 능력을 얻었다고 해도 좋고, 악행을 해서 죽었는데 자신의 악업을 용서받기 위해 능력을 얻은 것이어도 된다. 회귀나 귀환, 빙의 코드와 함께 써도 좋고, 아무 이유 없이 능력을 얻은 것이어도 좋다.

예를 들어 그 전에는 잘 몰랐는데 주인공이 게임 방송을 하면서 처음으로 자신이 게임 천재라는 사실을 깨닫는다는 설정으로 이야기를 풀어나가는 작품도 있다. 하이엔드 작가의 《천재의 게임방송》이 이에 해당된다. 이렇듯 각성 코드는 다양하게 활용할 수 있다. 그러나 이 경우에도 주인공의 동기와 세계 적합성을 잘 설정해야 한다.

4. 스승 코드

스승 코드는 스승이 주인공에게 특정 힘과 능력을 가르쳐주는 형태의 이야기다. 회귀나 귀환, 빙의 코드를 쓸 때는 스승 코드를 거의 쓰지 않는다. 굳이 스승이 없어도 주인공은 이미 강력하기 때문이다. 만약 이들 코드를 쓸 때 스승이 있다면 오히려 '발암' 요소가 되어 독자가 답답하다고 느낄 수 있다. 이미 능력이 출중한데 누가 스승이랍시고 나타나 뭔가를 가르쳐주겠다고 하면 기분이 좋지 않은 것과 같은 이치다. 이런 이유로 스승 코드는 독자적으로 쓰이며 대체로 무협이나 게임물에서 활용한다. 진지하게 쓰면 답답해질 수 있기 때문에 가볍고 약간은 코믹하게 쓰는 편이다.

구조적으로 보면 초반부 10화 정도까지 스승과 함께 힘을 단련하는 이야기를 풀어내고, 이후부터는 주인공이 하산해 마음껏 힘을 펼치면서 성장하는 형태로 쓴다. 목마 작가의 《무공을 배우다》와 담화공 작가의 《디버프 마스터》가 이 코드를 활용한 작품이다.

이상으로 회귀 이외의 네 가지 코드를 살펴보았다. 각 코드에 해당하는 작품을 보면서 핵심 요소를 직접 확인한다면 작품을 설계할 때 많은 도움이 될 것이다.

· Mission

본인이 쓰고 싶은 코드가 무엇인지 생각해보자.

· Mission Guide

구체적인 요약 정리 방법은 3장 1파트의 **Mission 1, 2**를 참조하자.

코드 쓰기가 안 되는 이유와 이를 극복하는 꿀팁

이번에는 코드 쓰기에 어려움을 겪는 사람들을 위한 팁을 소개한다. 사실 코드 쓰기가 안 되는 가장 큰 이유에 대해서는 3장 1파트에서도 짚어보았다. 대부분 형태와 내용을 구분하지 못하기 때문인데, 그 탓에 타협할 점과 고수해야 할 점을 혼동해 코드 쓰기에 실패하는 것이다. 그래서 베스트 작품을 되도록 많이 읽고 공통점을 찾아 형태가 무엇인지 감을 잡아야 한다고 했다.

1대 1 코칭을 하다 보면 간혹 이런 경우가 있다. 수강생들에게 "무엇을 쓰고 싶으신가요?" 하고 물으면 "연대기를 쓰고 싶습니다" 하고 답하는 경우다.

이런 답변은 곤혹스럽다. 연대기란 인물의 일대기를 그리는 서술 형식을 말한다. 따라서 연대기를 쓰고 싶다는 것은 내용이 아니라 형태를 고집하는 셈이다. 실제로 코칭을 요청하는 분 중 이런 사람이 제법 많다. "추리물을 쓰고 싶어요", "《드래곤 라자》 같은 정통 판타지를 쓰고 싶어요" 하는 식으로 말이다.

결론부터 말하자면, 이런 사람들은 자신의 고집을 꺾어야 한다. 다른 형태를 찾거나 형태를 수정해야 한다는 말이다. 《드래곤 라자》 같은 정통 판타지는 현재 시장에서 실패할 확률이 매우 높다. 언급한 코드가 들어 있지 않으면 독자가 읽을 확률이 현저히 떨어지기 때문이다.

한 예로 잘된 작품을 살펴보자. 유려한 작가의 《백작가의 망나니가 되었다》 작품의 배경은 정통 판타지와 같다. 다만 주인공이 현대인이고 '책 속 빙의'와 '엑스트라 빙의'라는 핵심 코드가 들어 있다는 것이 정통 판타지와 다른 점이다. 정통 판타지를 쓰고 싶은 사람이라면 이 작품처럼 판타지 세계를 배경으로 한 베스트 작품을 눈여겨보아야 한다. 어떤 코드가 들어 있고, 어떤 방식으로 독자의 반응을 이끌어냈는지 확인해보는 것이 좋다.

추리물을 고집하는 사람도 상당수다. 사실 웹소설 시장에서 추리물 독자는 그리 많지 않다. 그래서 추리물로 베스트를 노리기는 매우 힘든데, 그렇다고 해서 베스트에 오른 사례가 전혀 없는 것은 아니다. 네이버 웹소설에 성공 사례가 있다. 대표적으로 꼽을 수 있는 이재익 작가의 《키스의 여왕》은 로맨스 코드에 추리물을 접목해 성공했다. 당시 관작이 1만 2,000을 넘었고, 네이버시리즈 전체 10위에 들었을 정도다. 하지만 남성향 판타지에서는 사례가 없다(에피소드 몇 개를 추리물 형식으로 쓰는 거면 모르겠지만). 기본적으로 추리물은 범인을 잡기까지 과정이 답답하다. 따라서 시원시원한 전개가 필수인 남성향 웹소설에서는 한계가 있다.

여기서 주의할 점은 《키스의 여왕》의 메인 코드는 추리물이 아니라는 것이다. 독자 수가 많지 않은 추리물에 로맨스를 접목한 것이 아니라, 많은 독자층을 거느린 로맨스 코드를 메인으로 하고, 거기에 추리물을 접목했다. 이는 성격이 다른 코드 두 개를 접목할 때 매우 중요하게 고려해야 할 핵심이다.

이처럼 웹소설을 쓸 때 특정 형태를 고집할 경우, 그 형태가 웹소설 시장에서 어느 정도 위치인지 살펴야 한다. 그다음에는 본인이 확인한 적합한 형태로 변형해야 한다. 시장에서 잘 팔리는 형태를 받아들여 그대로 쓰기로 결심했다면 분명 좋은 결과를 얻을 수 있을 것이다.

그런데 이렇게 형태를 고집하는 경우 이외에도 코드를 제대로 쓰지 못하는 경우가 있다. 단적으로 기존 코드가 전부 작가 본인의 마음에 들지 않는 경우다. 새로운 도전을 하고 싶은 신인과 대박을 노리는 기성이 이런 경우에 속한다. 이때 해결 방법은 하나다. 본인이 마음에 드는 형태를 직접 설계하는 것이다.

코드를 설계할 때는 중요한 핵심을 정해야 한다. 앞에서 대리만족 측면에서 가장 인기 있고 강력한 코드가 회귀라고 소개했다. 그래서 나머지 코드를 쓰기 위해서는 회귀 코드가 충족시키는 세 가지 요소(주인공의 강력한 동기, 세계 적합성, 차별적인 능력)를 모두 커버할 수 있는 설정이 필요하다고 했다. 이 세 가지는 독자에게 대리만족을 줄 수 있는 핵심 요소로, 이를 작품 초반에 전부 녹여낸다면 새로운 코드를 만들어내는 것이 가능하다. 이에 대해 구체적으로 알아보자.

주인공의 강력한 동기

가장 먼저 주인공의 강력한 동기를 설계할 때는 동기의 속성을 고려해야 한다. 동기는 기본적으로 주인공과 밀접하고 가까울수록 강력해지고, 멀수록 약해진다. 예를 들어 이제 막 쳐들어오는 몬스터들 앞에 집 한 채가 있다. 만약 그 집이 주인공의 집이라면, 주인공에겐 '내 집을 지켜야겠다'는 강력한 동기가 생긴다. 반면 '세상을 구해야겠다'는 동기는 어떨까? 거리가 아주 멀게 느껴진다. 즉 크고 거창한 동기보다는 소소하고 개인적인 동기가 더 강력하다. 동시에 독자에게도 잘 어필할 수 있다.

이런 이유로 요즘 작품들의 주인공은 소소하고 개인적이며 신변과 밀접한 동기를 지니고 있다. '눈앞에 힘든 일이 하나 있는데 이것만 모면해야지', '이것만 해결하면 편해질 수 있어' 하는 식으로 말이다.

여기서 주의할 점이 있다. 작품에서 주인공의 동기는 하나가 아니라는 사실이다. 보통 주인공은 크게 두 가지 동기를 지닌다. 하나는 작품 전체를 아우르는 대의나 목표라고 할 수 있고, 다른 하나는 에피소드를 이끌어가는 작은 동기다.

대의나 목표를 설정할 때는 거창하고 약간은 추상적인 동기를 사용하는 편이다. '세상을 구한다'라든지 '잘 먹고 잘 살아야지', '이번 생은 그냥 편하게 살고 싶어', '반드시 복수할 거야'라는 식이다. 이런 동기는 약한 편이지만, 전체 흐름을 잡아주는 역할을 한다. 예를 들어 주인공이 '마왕에게서 세상을 구하겠다'는 동기를 지니고 있다면 이야기는 마왕을 물리치는 방향으로 전개될 것이다. 한편 편하게 살고 싶다는 것이 대의가 되면 주인공이 자신에게 닥친 대부분의 일을 회피하는 형태로 이야기가 전개될 것이다.

이처럼 동기를 설계할 때는 먼저 작품 전체를 아우르는 대의나 목표를 잡고, 소소하고 개인적이면서 주인공과 밀접하며 강력한 동기로 에피소드를 구성하면 된다.

세계 적합성

앞서 회귀 코드를 설명할 때 주인공이 앞으로 일어날 일을 기억한다는 점을 짚어 '세계 적합성'을 설명한 바 있다. 하지만 세계 적합성은 그보다 광범위한 개념으로 이해해야 한다. 단지 기억하는 것뿐만 아니라 세상이 주인공에 맞춰주는 설정 일체를 두고 세계 적합성을 충족했다고 할 수 있다.

이를테면 '세계의 문제를 해결할 수 있는 것은 오직 주인공뿐이다', '세상의 이치를 완벽하게 이해하는 사람은 주인공뿐이다'는 식으로 주인공이 이길 수밖에 없는 상황을 만들어주는 것이다. 구체적으로 말하자면 다음과 같다.

이 세상의 가장 큰 문제를 해결하기 위해서는 열쇠가 필요하다.
그런데 이 열쇠는 주인공만 가지고 있다.

감이 오는가? 여기에서 주의할 점은 경쟁자나 라이벌이 주인공이 가진 것과 같은 열쇠를 가지고 있어서는 안 된다는 것이다. 이 부분에 관련해 나 역시 처음 글을 쓸 때 실수한 적이 있는데, 경쟁자가 강력할수록 재미있을 것 같다는 생각에 주인공 이외에 또 다른 회귀자를 등장시킨 적이 있다. 그러나 회귀물에서 이런 인물은 등장 자체만으로 독자의 기대감을 상당히 감소시킨다. 지금 시장에서 독자가 보고 싶어 하는 것은 주인공이 치열하고 힘든 경쟁을 통해 가까스로 이겨나가는 모습이 아니라, 좀 더 쉽고 편하게 성공하는 모습이다. 그렇기 때문에 라이벌에게 주인공과 동급의 열쇠를 주어선 안 된다.

'세상의 열쇠는 주인공에게만 있어야 한다.'

이러한 기본 형태는 여러 가지로 응용할 수 있다. 먼저 책 속에 빙의되어 들어갔는데, 주인공만 그 내용과 결말을 아는 경우가 있다. 앞에서 여러 차례 언급한《백작가의 망나니가 되었다》와 싱숑 작가의《전지적 독자 시점》이 이렇게 쓰인 작품이다.

또 주인공이 마왕의 핵을 취하고 얼어붙었는데, 다시 깨어난 세상에서는 그 핵이 있어야 다음 단계로 넘어가는 경우도 있다. 이는 제리엠 작가의《얼어붙은 플레이어의 귀환》에서 볼 수 있는 설정이다.

그 밖에도 여러 응용이 가능하지만, 이런 식으로 세계 적합성을 설계하는 것 자체에 어려움을 느낄 수도 있다. 만약 너무 어렵다면 회귀 코드에서처럼 '주인공이 세상을 잘 알고 있다'는 설정만 취해도 된다. 세상을 너무 잘 알아서 충분히 공략 가능하다거나, 마법이 없는 세상에서 독보적인 힘을 타고났다는 등의 설정만으로도 세계 적합성이 충족되고 독자의 기대도 높일 수 있을 것이다.

주인공의 차별적인 능력

앞에서 회귀물의 주인공은 기본적으로 연륜이 있고, 새로운 능력의 각성은 선택 사항이라고 이야기했다.

회귀물이 아니라면 반드시 차별적인 능력을 설계해야 하는데, 여기서 핵심은 능력의 종류가 아니다. 어떤 능력이 있는지보다 능력에 따라 성장하거나 전개되는 과정이 얼마나 차별적인지가 중요하다. 현대 전문가물을 예로 생각해보면 이해하기 쉽다.

의사물의 경우, 의사로서 갈 길은 정해져 있다. 이 길은 변호사나 코더, 연예인이 가는 길과는 완전히 다르다. 이런 차별성은 해당 직업의 독자성 때문에 새로운 것을 요구하는 독자의 요구를 충족시킨다.

하지만 시중에는 의사물이 많다. 이런 상황에서 메가히트를 기록한 《닥터 최태수》와 똑같은 방식으로 주인공이 성장한다고 가정하면 독자는 어떻게 생각할까? '아, 이 작품 《닥터 최태수》랑 똑같잖아?' 하고 실망할 것이다. 독자로 하여금 이런 생각이 들게 한다면 이미 그 작품은 지루한 글이라 볼 수 있다. 즉 시중에 나온 작품들과 직업, 능력이 같은 주인공을 설정하고 스토리 흐름까지 비슷하다면, 독자가 지루해서 보지 않게 된다. 이런 현상은 레이드물이나 게임 판타지물에서 두드러진다.

레이드물이란 현실 세상에 몬스터가 출몰하는 형태의 장르다. 이런 레이드물이나 게임 판타지물의 주인공이 거치는 과정은 대부분 비슷하다. 레벨업을 하고 던전을 공략하고, 길드에 가입하고, 사냥에 성공한 몬스터의 전리품을 파는 등 매우 많은 작품이 비슷한 루트로 진행된다. 그래서 능력에 따른 성장 과정이나 주인공의 사고방식, 문제 해결 과정이 차별되지 않으면 실패하기 쉽다. 독자가 "또 이런 거야?", "똑같은 거네" 하면서 외면하게 되는 것이다. 그럼 어떻게 하면 차별성을 줄 수 있을까?

게임을 많이 해보았다면 직업 퀘스트를 떠올려보자. 직업 퀘스트는 각 직업에 맞게 설계되어 있다. 이처럼 주인공의 능력에 딱 맞는 임무를 설계해서 부여하면 어느 정도 차별성을 줄 수 있다. 그리고 엄밀히 말해 이런 차별성은 형태의 영역이 아니다. 남들과 다른 것을 추구한다는 점에서 내면의 목소리를 들어야 하는 '내용'의 영역이다.

얼마 전 봉준호 감독이 마틴 스코세이지 감독의 말을 인용해 오스카상 시상식에서 한 말이 있다.

"가장 개인적인 것이 가장 창의적인 것이다."

나는 바로 이 말에서 차별성의 실마리를 잡았다.

'내가 주인공이라면 과연 어떻게 할 것인가?'

스스로에게 이렇게 질문을 던져보면 내면이 어떤 방향을 가리키는지 알 수 있을 것이다. 그 방향에 따라 이야기를 만들어보자. 분명 나만이 할 수 있는 차별적인 이야기가 완성될 것이다.

지금까지 스스로 코드를 설계하는 요령을 짚어보았다. 처음엔 쉽지 않을 것이다. 하지만 베스트 작품을 계속 접하다 보면 금세 요령이 생길 것이다. 베스트 작품은 성실히 따라가야 할 답안지와 같다. 스스로에게 부족한 점을 마음에 품고 베스트 작품을 살피다 보면 어느 순간 '이렇게 쓰면 될 것 같은데?' 하고 감이 올 것이다.

기성 작가 중 이렇게 말하는 사람이 많다.

"처음에는 독자가 좋아할 만한 코드를 의도적으로 조합해서 써봤는데, 잘 안 되더라. 그러다 어느 날 갑자기 쓰고 싶은 것을 쓰니까 대박이 났다."

한 번쯤은 들어본 말일 것이다. 이 의미를 잘 새겨야 한다. 코드의 개념을 이해하고, 그 조합법을 체득한 작가들이 하는 말이기 때문이다. 단순히 그냥 쓰고 싶은 것을 써서 대박 난 게 아니라는 의미다.

결국 스스로 체득할 때까지는 베스트 작품을 많이 읽고, 끊임없이 코드를 조합하고 실험해봐야 한다. 그렇게 코드에 대한 감을 잡는 것이 중요하다. 물론 코드를 설계하는 것이 어려워 엄두가 나지 않는다면 앞에서 소개한 코드를 그대로 선택해도 아무 문제 없다. 사실 처음 웹소설을 쓰는 사람들에게 새로운 코드를 만들라고 권하지는 않는다. 기존 코드를 제대로 쓰는 방법을 익히는 것이 최우선이기 때문이다.

이번 장에서는 조금 어려운 이야기를 했다. 직접 코드를 설계하는 방법에 대해 이야기했는데, 주인공의 강력한 동기와 세계 적합성, 차별적인 능력, 이 세 가지 핵심 요소를 잘 조합해서 설계하면 기존 코드 못지않은 형태를 만들어낼 수 있다. 아마 베스트 작품을 읽어보면 보다 확실하게 이해할 수 있을 것이다.

· Mission

본인이 쓰고 싶은 코드와 같은 베스트 작품 하나를 골라 3화까지 화별로 요약해보자.

· Mission Guide

1. 핵심 에피소드를 중심으로 요약한다.
2. 주인공을 빼놓지 말아야 한다.
3. 마지막 장면 연출을 놓치지 말아야 한다.

이 세 가지 원칙대로 3화까지 정리해보자.

승부는 주인공부터

주인공의 매력이 작품 전체를 끌고 간다

이 챕터를 시작하기 전에, 3장에서 했던 이야기를 다시 한번 정리해 보려 한다. 매우 중요한 내용이기 때문에 확실히 숙지하기 위해서다. 3장에서 코드 쓰기가 잘 되지 않는 케이스를 두 가지로 분류했다. 첫 번째는 형태를 고집하는 경우로, 이 경우 현재 시장에서 통하는 코드를 접목해야 한다. 두 번째는 현재 통용되고 있는 기존 코드가 작가의 마음에 들지 않는 경우다. 이때는 대리만족의 세 가지 요소, 즉 주인공의 강력한 동기와 세계 직합성, 차별석인 능력을 가지고 직접 코드를 설계해야 한다.

대리만족의 3요소 중 가장 중요한 것은 무엇일까?

대리만족의 3요소—주인공의 동기, 세계 적합성, 차별적인 능력—중 가장 중요한 것은 무엇일까? 우열을 가릴 수 없을 정도로 전부 중요하다고 할 수 있을까? 나는 이 중 세 번째 요소 '차별적인 능력'이 가장 중요하다고 이야기하고 싶다. 차별적인 능력이 잘 드러나면 나머지 두 가지 요소가 다소 약해도 독자가 따라오기 때문이다. 익숙하면서도 새로운 형태라고 생각하기 때문이다.

또 차별적인 능력을 잘 설정하면 두 번째 요소인 세계 적합성을 충족시킬 수 있다. 글쓰는기계 작가의 《방랑기사로 살아가는 법》을 예로 들어보자. 작품에서 주인공은 마법이 없는 세상에서 강한 힘을 지니고 태어났다. 이렇게만 설정해도 주인공에 대한 기대감이 증폭되기 때문에 독자에게 충분히 어필할 수 있다.

차별적인 능력이란

사실 지난 장에서 가장 많은 지면을 할애해 설명한 것이 '차별적인 능력'이다. 가장 많은 사람들이 오해하는 내용이기 때문이다. 어떤 점에서 오해하는 걸까? 베스트 작품을 많이 읽은 사람 중에서도 이런 식으로 오해하는 이가 많다.

'남들과 다른 걸 써야 독자가 관심을 갖지 않을까?'
'지금까지 다룬 적 없는 새로운 능력을 찾아서 써야지.'

과연 그럴까? 지금까지 다룬 적 없는 새로운 능력을 소재로 쓰면 정말 성공할 수 있을까? 결론부터 말하자면 꼭 그렇다고 볼 수는 없다. 웹소설 시장이 초기 단계라면 새로운 능력을 쓰는 전략이 성공할 수 있다. 하지만 지금처럼 시장이 완숙 단계에 이르렀을 때는 효과를 보기 힘들다.

앞에서 언급한 바 있듯, 독자의 취향은 이미 정해졌다. 그래서 코드를 보고 이것이 내가 좋아하는 종류인지 결정한다. 이런 상황에서 기존에 없던 완전히 새로운 능력을 어필한다면 어떨까? 일단은 생소하다. 지나치게 생소해서 그 능력을 이해하기 어렵고, 그래서 보지 않게 된다. 물론 지금까지 다루지 않은 능력 중 생소하지 않은 것을 찾아서 쓰면 성공할 가능성이 있다. 하지만 이런 능력을 찾는 것은 매우 힘든 일이다.

다시 한번 강조하지만, 차별적인 능력의 핵심은 능력의 종류가 아니다. 이미 다른 작품에서 다룬 능력이라도 상관없다. 오히려 많이 다룬 능력을 취하는 편이 낫다. 여기서 중요한 건 차별적인 능력을 지닌 주인공이 거치는 '과정'이다. 이 과정을 차별화해야 독자가 따라온다.

이는 전형적인 전개, 즉 클리셰를 전혀 쓰면 안 된다는 말이 아니다. 클리셰를 써도 좋지만, 주인공만의 특별한 루트를 침해해선 안 된다는 뜻이다. 대체로 주인공의 성격과 능력에 맞춰 클리셰를 변경하면 익숙하면서도 새로운 형태의 이야기를 만들어낼 수 있다. 이를 흔히 클리셰 비틀기라고 한다. 그렇다면 이 클리셰 비틀기는 어떻게 할까?

사실 주인공의 능력과 성향은 대부분 비슷하다. 여기서 달라도 되는 부분은 성격이나 사고방식 등으로, 이는 글을 쓰는 작가에 따라 다를 수밖에 없다. 능력과 성향이 같은 주인공을 설정해도 쓰는 사람에 따라 문제를 해결하는 방식과 양상이 완전히 달라지는 것이다. 즉 작가가 사고하는 방식 자체가 차별화 지점인 셈이다. 따라서 일단 작가 스스로가 주인공에게 온전히 몰입하는 것이 중요하다. 주인공 입장에서 문제를 판단하고, 직접 해결 방안을 생각해보자. 클리셰를 넣는다는 핑계로 특정 글을 대충 따라서 쓰려고 하지 말고, 주인공에게 몰입해 '나라면 이걸 어떻게 해결할까?'라는 질문에 답해간다면 훌륭하게 클리셰를 비틀 수 있을 것이다.

배경은 중요하지 않다

앞에서 판타지 코드를 개관하면서 중요한 깨달음을 얻었다. 독자는 주인공에게 주목하고, 그중에서도 주인공의 힘, 강력함을 좋아한다는 것이다. 여기서 주의할 것은 배경은 별로 중요하지 않다는 점이다. 독자는 배경이 아니라 주인공에게 몰입한다.

사진을 볼 때를 떠올려보자. 멋진 풍경 사진이 있는데, 거기 사람이 한 명 서 있다. 이런 사진을 볼 때 당신은 풍경을 보는가, 아니면 사람을 보는가?

사람들은 대부분 사람을 본다. 사진뿐 아니라 소설에서도 마찬가지다. 아무리 아름다운 문장으로 배경 설명을 늘어놓고 세계관을 정교하게 묘사해도 독자는 관심이 없다. 오직 주인공이 나오기만 기다릴 뿐이다. 그러므로 배경이나 세계관을 너무 자세히 서술할 필요는 없다. 그때그때 이야기를 이끌어가거나 주인공과 연관되어 있을 때 필요한 것만 써주면 된다.

배경은 코드가 될 수 없다. 이는 많은 사람이 착각하는 지점이다. 독자는 배경 때문에 작품을 보는 것이 아니라 주인공 때문에 본다. 이 사실을 명심하자.

주인공의 매력은
어디서 비롯될까?

그렇다면 작품에서 주인공의 매력은 어디에서 비롯될까? 매력의 요소를 어디에 어떻게 반영할 수 있을지 살펴보자. 먼저 다음 그림을 보자.

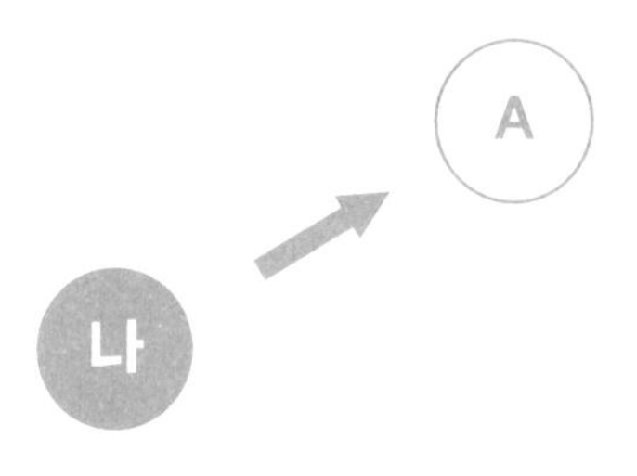

외부 대상을 욕망

이 그림은 브루스 핑크의 저서 《라캉과 정신의학》에서 강박에 대해 정리한 파트를 도식화한 것이다. 이 책에 따르면 남성의 기본 성향은 '강박'이라고 한다. 강박적 성향을 간단히 정리하면 '스스로 A라는 대상을 욕망한다'는 것이다. 즉 외부 대상을 추구하는 것이다.

책에 따르면 이런 지향성은 쉽게 사그라들지 않는다. 그래서 쉽게 만족하지 못하고 끊임없이 외부 대상을 추구한다. A를 취해도 만족하지 않고 금세 다른 대상인 B, C, D를 찾는 것이다.

이런 성향에 비춰보면 여러분이 쓰려고 하는 남성향 판타지 소설 속 주인공의 행동 패턴을 쉽게 이해할 수 있다. 주인공은 끝없는 욕심을 느끼고, 지치지 않고 쉽게 만족하지 않는다. 원하는 걸 얻더라도 한번 기분 좋고 만다. 이후에는 계속 목표를 설정해 달성하고, 돈을 모으고, 명성을 얻고, 최고의 자리까지 올라간다. 최고가 되면 더 이상 쓸 것이 없으므로 완결을 낸다. 이렇게 보면 남성향 판타지 소설이 기본적으로 장편인 이유를 알 수 있다.

즉 남성향 판타지 소설의 주인공은 매우 강한 강박적 성향을 지니고 있다. 그리고 독자는 이를 즐긴다. 왜일까? 독자도 이런 강박적 성향을 지니고 있기 때문이다. 전부는 아니지만 대다수 남성은 이런 강박적 성향을 띤다고 한다. 이야기의 양상을 볼 때, 또 그 이야기를 재밌게 즐기는 자신을 볼 때, 이는 부정할 수 없는 사실이다. 따라서 다음과 같은 결론을 내릴 수 있다.

주인공의 매력은 결국 독자의 강박적 성향, 즉 '끊임없이 외부 대상을 욕망하는 성향'을 채워주는 데서 비롯된다.

따라서 남성향 판타지의 주인공은 이러한 욕망을 채워줄 수 있는 힘이나 능력을 지니고 있어야 한다.

이 힘은 물리적인 힘만 의미하는 것은 아니다. 의사나 변호사처럼 전문 기술도 가능하고, 마법, 이능력, 돈, 재력도 가능하다. 욕망을 채워줄 수 있다면 어떤 능력이든 가능한 셈이다. 이처럼 욕망을 충족시키는 강한 힘이 결국 매력의 본질이라고 할 수 있다. 앞서 이야기한 대리만족의 3요소도 이런 강한 힘을 설계하기 위한 방편이라고 할 수 있다. 이제까지 읽은 베스트 작품을 떠올려보자. 주인공은 전부 이런 능력을 적어도 하나씩은 가지고 있지 않았나?

또 조연을 한번 떠올려보자. 조연 중 간혹 인기가 많은 캐릭터가 있다. 이들은 대부분 강하다는 특징이 있다. 주인공보다 강한 멘토나 구루 같은 존재는 간혹 주인공보다 높은 인기를 누리기도 한다. 이런 조연들이 인기 있는 이유도 결국 강력한 힘을 지니고 있기 때문이다.

그럼 만약 여러분의 작품에 이런 조연을 등장시킬 경우 어떻게 해야 할까? 꼭 필요한 상황을 제외하고는 그 조연을 주인공과 붙여놓으면 안 된다. 주인공의 매력이 반감되기 때문이다. 주인공의 매력을 살리기 위해서는 조연이 등장하는 횟수를 줄이거나 아예 죽이는 것도 고려해야 한다.

이제 정리가 될 것이다. 3장에서 판타지 코드를 분석했을 때, 놀라운 사실을 발견했다. 제목에서 발견한 코드가 전부 주인공의 힘, 강력함을 가리키고 있다는 것이다. 이번 장에서는 그 이유가 독자의 기본 성향이 강박적이기 때문이라고 결론 내렸다. 그래서 끊임없이 추구하는 욕망을 채워줄 수 있는 강력한 능력이 필요한데, 그것이 바로 주인공의 매력이다.

· Mission

지금까지 살펴본 베스트 작품 중 가장 재미있게 읽은 작품을 10화까지 화별로 요약 정리해보자.

성공하는 주인공의 원칙

앞에서 남성향 판타지의 주인공을 설계할 때 반드시 '강력한 능력'을 설정해야 한다고 했다. 이는 강박적 성향의 독자를 만족시키기 위한 것으로, 끊임없는 욕망을 채워줄 수 있는 강력한 능력은 주인공의 매력이 된다고도 했다. 결국 대리만족의 3요소(강력한 동기, 세계 적합성, 차별적인 능력)도 독자의 이러한 성향을 충족시키기 위한 장치라고 할 수 있다.

하지만 이것만으로 주인공 설계가 끝나는 것은 아니다. 주인공은 일단 사람이기 때문에 사람으로서 필요한 요소를 갖춰야 한다. 내력이나 성격, 성향 등 사람이기에 반드시 지니는 요소를 설정해두어야 이야기를 이끌어나갈 수 있다.

내력, 성격, 성향은 마음대로 설정해도 되지 않느냐고 생각할 수 있다. 작가 본인의 내면에 따라 자유롭게 써도 될 거라 여기는 것인데, 실은 그렇지 않다. 베스트 작품을 분석해보았을 때, 내력이나 성격은 작가가 정하기 나름이지만 '성향'에서는 매우 일관된 공통점이 드러났다. 그리고 이 공통된 성향에 배치되게 쓸 경우 연독률 폭락이라는 응분의 대가를 치렀다. 그렇기 때문에 반드시 '주인공의 공통 성향'을 숙지해야 한다.

이번 파트에서는 이러한 공통 성향과 비교적 자유롭게 쓸 수 있는 내력, 성격을 설계할 때 주의해야 할 점을 짚어보겠다.

주인공은 기본적으로 작가 본인이다

작가는 스스로 주인공에게 몰입해서 글을 쓴다. 그렇기 때문에 주인공은 기본적으로 작가를 대변할 수밖에 없다. 작가는 작품 속 주인공의 욕망이나 생각을 묘사할 때 자신의 내면을 투영할 수밖에 없다.

자기 자신과 성격이 전혀 다른 사람을 주인공으로 삼을 수 있는 작가는 그리 많지 않다. 초반에 주인공을 작가 본인의 성격과 확연히 다르게, 특이하게 설정해 이야기를 진행해도 결국 주인공이 작가 자신의 성격으로 서서히 바뀌어가는 과정을 심심치 않게 확인할 수 있다.

많은 습작가가 특이점을 주기 위해 본인과 성격이 매우 다른 주인공을 구상하는데, 웹소설 같은 초장편소설의 영역에서는 대부분 실패한다. 따라서 주인공 캐릭터를 설정할 때 작가의 성격을 크게 벗어나서 쓰려는 시도는 좋지 않다. 상상하기 힘들기 때문에 많은 자료나 준비가 필요하고, 자연스럽지도 않다. 그러므로 주인공의 성격은 자기 자신을 참고하고, 내력은 코드에 맞춰 자유롭게 쓰면 된다.

주인공의 공통적인 성향

주인공은 어떤 공통점을 지니고 있을까? 베스트 작품에서 확인한 공통점을 살펴보자.

첫 번째, 이성적이고 합리적이다.

주인공은 위기가 닥쳤을 때 당황하지 않고 침착하게 행동한다. 만약 허둥대는 모습을 보인다면 매력이 반감되면서 독자가 이탈한다.

주인공이 '이런, 큰일이다! 이제 어떻게 하지?'라는 식으로 혼란스러워하는 것도 독자는 좋아하지 않는다. 이런 장면을 피하기 위해 베스트 작품 속 주인공은 필연적으로 예측 능력이 뛰어나고, 알게 모르게 닥쳐올 위험에 대비한다. 동시에 아무 이유 없이 일을 벌이지 않는다.

두 번째, 이기적이고 계산적이다.

예전 주인공은 성격이 착하면서 오지랖이 넓었다. 불의를 보면 참지 못했고, 힘이 센 사람이 약한 사람을 핍박하면 대가를 바라지 않고 도와줬다. 하지만 요즘 주인공은 손해 보는 짓은 잘 하지 않고, 남의 일에 별로 관여하고 싶어 하지 않는다. 골치가 아프기 때문이다. 만약 타인을 돕는다면 반드시 대가를 받는다. 바꿔 말하면, 주인공은 자신에게 이익이 되지 않는 일은 하지 않는다.

세 번째, 주도적이고 능동적이다.

주인공은 누군가의 부탁이나 요구, 지시에 따라서만 움직이지 않는다. 또 상황에 쉽게 휩쓸리지도 않는다. 만약 주인공이 누군가의 부탁을 들어주더라도, 이는 부탁을 받아서가 아니라, 주인공 스스로 '그것이 옳다' 혹은 '이익이다', '이유가 있다'라고 판단했기 때문이다.

마찬가지로 엄청난 재난이 닥치고 모두 패닉에 빠져 있을 때, 혹은 누군가의 선동으로 일이 막 진행되어갈 때 주인공은 혼자 생각하고 돌파구를 마련한다. 주어진 선택지 중 하나를 고른다기보다는 가장 좋은 선택지를 주인공 스스로 만들어낸다고 생각하면 된다.

네 번째, 문제를 만들지 않고, 문제를 해결한다.

이 점도 예전 주인공과 다른 점이다. 예전 주인공은 스스로 문제를 유발하기도 했다. 실수로 사람을 때렸는데, 하필 그 사람이 커다란 조직의 중요 인물이어서 주인공이 조직과 엮인다는 식으로 말이다.

그런데 강박적 성향의 독자는 이처럼 주인공이 스스로 문제를 유발하는 것을 보면 짜증을 낸다. 문제는 곧 욕망의 걸림돌이다. 주인공이 자신이 원하는 대로 일을 진행하기는커녕 자꾸 문제를 만들면, 독자는 '암에 걸릴 만큼' 매우 큰 불쾌감을 느낀다. 흔히 댓글에서 '발암'이라고 지적하는 장면을 눈여겨보면 이런 식의 전개가 주를 이룬다.

이와 같은 이유로 조연을 설정할 때도 주의해야 한다. 주인공의 친구나 히로인이 문제를 유발하는 장면은 넣지 않는 것이 좋다. 주인공을 믿고 괜히 까불다가 일이 커진다거나, 소위 갑질을 하다가 진짜 갑이 나타나 갈등이 고조되는 등의 전개는 피해야 한다.

사건을 설계하는 방법

그렇다면 사건은 어떻게 설계해야 할까? 앞의 네 가지 사항을 모두 지키면서 사건을 전개할 수 있긴 한 걸까? 사실 웹소설 지망생들은 이 점을 궁금해한다.

한번 생각해보자. 어떻게 사건을 전개해야 위 사항을 모두 지킬 수 있을까? 만약 처음부터 문제가 있었다면? 즉 문제가 생기는 과정 없이 처음부터 존재했다고 한다면 독자는 이를 어떻게 받아들일까?

독자가 발암을 느끼는 포인트는 문제가 생겨나는 과정을 보면서 감정을 이입하기 때문이다. 이 과정을 독자가 보지 못한다면 답답해하지도 않을 것이다. 그럼 어떻게 설계하는 게 좋을까? 우선 발암을 유발하는 예를 하나 들어보겠다.

주인공이 친구를 만났는데, 갑자기 깡패가 나타났다. 그 깡패를 본 친구는 냅다 주먹을 날리면서 싸움을 시작했다가 불리해지니 주인공에게 도움을 요청한다. 이때 주인공이 도와주면 독자는 바로 발암을 느낀다.

일단 도움을 요청한 사람이 친구이긴 하지만 '대가'에 대한 이야기가 없다. 그리고 문제 유발 장면이 그대로 드러난다. 이런 상황에서 주인공이 아무 이유 없이 친구를 도와주면 독자는 '열폭'하면서 휴대폰을 던져버릴 것이다.

반면 이렇게 쓰면 어떨까?

주인공이 친구를 만났는데, 그 친구에겐 고민이 있었다. 깡패에게 돈을 뜯기고 있었던 것이다. 그동안 주인공은 친구 집에서 숙식을 해결하느라 그에게 신세를 지고 있었는데, 마침 이 상황에 친구를 돕게 되어 잘됐다고 생각해 깡패를 혼내준다. 이런 전개에는 어떤 반응이 나올까? 그렇다. 예상했듯 독자는 괜찮은 반응을 보인다. 발암 요소가 없어 무리없이 볼 수 있기 때문이다.

예로 든 이 사건의 주인공에게는 앞에서 언급한 네 가지 기본 성향이 모두 포함된 것을 확인할 수 있다. 이성적으로 판단하고 이익을 계산했다. 게다가 능동적으로 결정해 문제를 해결했다. 이처럼 같은 장면이라도 어떻게 설계하느냐에 따라 발암 요소를 넣거나 뺄 수 있다.

사건을 설계하기에 앞서 주인공의 성향을 결정할 때, 네 요소는 반드시 고려해야 한다. 에피소드를 전개할 때 이 네 가지 중 어느 하나라도 위반한다면 높은 연독률을 기대하기 어렵다. 연재에서 연독률은 매출과 직결된다. 1화를 읽은 독자가 무료 회차에서 다 떨어져나가면, 뒤에서 몇백 화를 써도 매출은 늘어나지 않는다. 연독률을 방어하기 위해서는 주인공이 지녀야 하는 필수 성향을 반드시 익혀두자.

유의할 점은 앞에서 언급한 것들 외에도 내가 찾지 못한 공통 성향이 존재할 수도 있다는 것이다. 또 앞의 공통 원칙을 잘 지키지 않은 베스트 작품도 있을 수 있다. 이는 당연하다. 시장은 끊임없이 변하기 때문이다. 그래서 이번 파트에서 언급한 원칙을 앞뒤 없이 외우기보다 자신이 직접 베스트 작품을 살펴보면서 확인하는 것이 더욱 중요하다. 남이 세운 원칙을 무조건 따르는 것보다 스스로 작품을 통해 발견한 원칙이 필력을 키우는 데 큰 도움이 된다는 점을 명심하자.

· Mission 1

베스트 작품 하나를 골라 25화까지 보면서 대리만족의 3요소와 주인공의 내력, 성격, 성향을 정리해보자.

· Mission 2

정리한 것을 바탕으로 자신이 쓰고 싶은 주인공 캐릭터를 설정해보자.

히로인은 어떻게 설정할까?

합리적이고 이성적이다.

이기적이고 계산적이다.

주도적이고 능동적이다.

문제를 만들지 않고 문제를 해결한다.

앞에서 주인공이 갖추어야 할 기본 성향을 이렇게 네 가지로 정리했는데, 간혹 이런 질문을 받는다.

"요즘 주인공들은 다 이렇게 나쁜 놈들입니까?"

무조건적인 선행을 베풀던 과거의 주인공과 비교해보면 일견 타당한 질문이지만, 엄밀히 보면 네 가지 성향은 선악과는 무관하다. 이런 성향이라고 해도 얼마든 선하게 묘사할 수 있기 때문이다.

이를테면 부모에 대한 '효'는 대표적인 선한 가치다. 낳아주신 부모님께 이것저것 따지지 않고 부족한 부분을 채워드리는 것은 마땅히 해야 하는 행동이다. 따라서 주인공이 부모님께 무조건 효도하는 내용을 쓰는 것은 성향과 관계없이 가능하다.

제3자를 구하는 에피소드를 쓸 때도 그렇다. 주인공이 그를 구하는 이유를 설명해주면 독자의 불만을 충분히 잠재울 수 있다. 이때 무조건 주인공에게 이익이 되는 이유를 쓸 필요는 없다. '그냥 내가 그런 걸 못 봐주겠어', '내 마음이 불편해' 등 간단한 이유만 설명해줘도 된다. 아무 이유 없이 덜컥 도와주고 사라지는 식으로 쓰면 독자가 불만을 터뜨리지만, 어떤 이유든 있다면 그 불만을 잠재울 수 있다는 점을 명심하자.

한편 주인공의 공통적인 성향에만 이유가 필요한 것은 아니다. 대리만족의 3요소를 충족시키기 위해서도 이유는 필요하다. 각 요소를 충족시키지 못했어도 그에 해당하는 충분한 이유가 있으면 독자가 납득할 만한 이야기를 만들 수 있다.

그런 이유에서 지금까지 찾아온 공통점을 법칙으로 정리하면 안 된다. 이러한 것들은 반드시 지켜야 하는 법칙이 아니라, 일종의 원칙으로 받아들어야 한다. 원칙에는 반드시 예외가 있고, 예외를 적용할 때는 조금 전에 살펴본 것처럼 조건이 붙는다.

앞으로 여러분은 베스트 작품을 통해 원칙을 살필 때, 예외 조건 역시 눈여겨봐야 한다. 많은 작품을 읽다 보면, 의외로 원칙을 지키지 않은 작품을 발견할 것이다. 이때는 댓글이나 조회 수 추이를 통해 독자에게 불만이 없는지 확인하고, 없다면 그 이유를 스스로 분석해봐야 한다.

히로인은 어떻게 설정해야 할까?

이제부터는 남성향 웹소설에 등장하는 히로인(여자 주인공, 여자 영웅. 그러나 남성향 웹소설에서 히로인이란 주로 메인인 남자 주인공에 영향을 미치는 여성 조연을 뜻한다)을 어떻게 설정해야 하는지 살펴보겠다.

사실 남자 작가가 남자 주인공에 이입해서 쓰기는 쉽다. 작가는 본인의 성향과 생각을 기반으로 주인공 캐릭터를 설정하기 때문이다. 나머지 등장인물도 마찬가지다. 악역이든 라이벌이든, 작가 입장에서 나름대로 생각과 대사를 떠올려 이야기를 진행시킬 수 있다. 작가가 혼자 여러 역할을 도맡는 셈이다. 이런 의미에서 작품 속 모든 등장인물은 작가의 일부분이라고 할 수 있다.

다만 이는 주로 작품 속 캐릭터와 저자의 성별이 일치할 때 이야기다. 대부분의 남성향 웹소설 작가, 즉 남성 작가는 여성 캐릭터 설계하는 것을 어려워한다. 그냥 가볍게 지나가는 캐릭터라면 간단하게 대사 몇 마디로 커버할 수 있지만, 주인공과 깊은 관계를 맺는 인물로 주인공에게 큰 영향을 미치는 히로인은 감정을 이입하기 어려워 막막해하는 경우가 대다수다. 그렇다면 이러한 여성 캐릭터, 히로인은 어떻게 설정하고 풀어나가야 할까?

평소 여성과 많은 대화를 나눠본 사람이라면 별로 어렵지 않다고 느낄 수 있다. 지금까지 접해본 경험을 토대로 리액션과 대사를 쓰면 되기 때문이다. 아직 나이가 어리고 이성과 접촉해본 경험이 많지 않은 사람이라면 여성의 리액션을 자연스럽게 구사하는 데 어려움을 느낄 수 있다. 기성 작가 중에서도 히로인의 존재만 설정해놓고 주인공과 히로인이 데이트하거나 애정을 표현하는 등의 장면은 일부러 쓰지 않는 사람이 있다.

이렇게 썼다고 해서 연독률이 하락하진 않으니 어찌 보면 좋은 방법일 수 있다. 하지만 '히로인과 시간을 보내는 장면을 써보고 싶다'는 내면의 목소리를 듣는 사람도 많을 것이다.

'히로인 쓰는 법'을 익히기에 앞서, 4장에서 언급한 '강박'에 대한 이야기를 되짚어보자. 브루스 핑크가 쓴 《라캉과 정신의학》에서는 외부 대상을 욕망하는 것을 강박적 성향이라 했고, 이를 남성의 기본 성향이라고 했다.

이 책에는 남성뿐 아니라 여성의 기본 성향에 대해서도 정리되어 있다. 책에 따르면 남성은 외부 대상을 직접적으로 욕망하는 데 반해, 여성은 스스로가 욕망의 대상이 되고 싶어 하는 경향이 있다고 한다. 이러한 지향성을 '히스테리적 성향'이라고 한다. 히스테리라니, 아마 익

숙한 단어일 것이다.

위의 그림에서 볼 수 있는 것처럼, 강박적 성향과 히스테리적 성향은 지향성이 정반대다. 강박은 외부 대상으로 향하지만, 히스테리는 자신을 향한다. 이 차이가 남성과 여성의 두드러진 차이라고 보면 된다.

하지만 이런 성향이 100% 맞아떨어지진 않는다는 점에 유의하자. 70% 정도만 맞다고 보면 된다. 나머지 30%는 아닐 수 있다. 남성에게서 강박적 성향이 많이 보이지만, 히스테리적 성향인 남성도 있다. 여성도 마찬가지다. 히스테리적 성향이 많이 보이지만, 강박적 성향인 여성도 있다. 이는 참고한 도서 《라캉과 정신의학》에도 나와 있다. 책에서 가장 많이 문제가 되는 사례가 강박증 여성과 히스테리증 남성이었으니 말이다.

사실 남성이든 여성이든 캐릭터를 생각할 때 강박과 히스테리로 정리하면 상상하기가 수월하다. 강박은 이해하기 쉬운 개념이다. 단순히 외부 대상을 원하는 것이니까. 하지만 히스테리적 성향은 좀 더 생각해봐야 한다.

히스테리적 성향을 쉽게 풀어서 설명하면, 다른 사람이 자신을 원하거나 좋아하길 바란다는 것이다. 그래서 그 사람이 자신을 좋아한다는 것을 확인한 순간 쾌락과 만족감을 느낀다. 그렇다면 이들은 만족하기 위해 어떤 방식으로 행동할까?

1차적으로 상대를 움직이고 싶어 한다. 하지만 가만히 있는다고 저쪽에서 움직이는 것은 아니기 때문에 상대에게 다가가 기회를 만든다. 자신에게 다가와 자신의 매력을 느낄 수 있도록 말이다.

어떻게 보면 이는 매우 전략적인 행동 패턴이다. 강박적 성향과는 전혀 다르다. 강박적 성향은 원하는 게 있으면 '아, 저건 내 거야' 하면서 돌진한다. 하지만 히스테리적 성향은 대상에 접근해 기회를 만든다.

그렇다면 이런 성향의 여성 캐릭터, 히로인의 심리는 어떤 패턴을 보일까? 일단 상대방에 대해 궁금해한다. 소설에서는 주인공이 바로 그 상대방이 된다. 히로인은 주인공에게 호기심을 가지고 정보를 쌓아간다. 적극적으로 수집하기도 하지만, 대부분은 주인공과 만나는 순간이나 기회를 최대한 활용해 정보를 얻는다. 정보를 수집하는 이유는 무엇일까? 주인공의 마음을 움직여야 하니까. 주인공이 자신을 욕망하길 원하니까.

또 히로인은 이런 고민을 한다. 이는 로맨스 소설에서도 자주 볼 수 있는 부분이다.

'이 남자가 날 좋아할까?'
'저 사람은 나를 어떻게 생각할까?'

히스테리적 성향을 확인할 수 있는 전형적인 질문이다. 이런 식으로 주인공에 대한 정보를 쌓아가다가, 남자 주인공에게 지나치게 신경을 쓴 나머지 자신의 마음을 캐치하지 못하는 일이 발생한다.

'내 마음은 어떻지?'
'난 정말 이 사람을 사랑하고 있는 건가?'
'그가 나를 사랑하는 만큼 나도 그를 사랑할 수 있을까?'

이런 식의 질문을 스스로에게 던지는 것이다. 그래서 로맨스 소설에서는 남자 주인공과 이어지기 전에 여자 주인공이 자신의 감정을 확인하는 에피소드가 종종 등장한다.

그럼 이런 에피소드가 남성향 판타지에도 있을까?

'내가 이걸 좋아하는 줄 알았는데, 알고 보니까 싫어하고 있었어.'
'드디어 내 안의 숙제가 풀렸네.'

이런 식의 에피소드는 남성향에서 찾아보기 힘들다. 왜일까? 남성은 이런 문제에 거의 관심이 없기 때문이다. 남성은 대체로 자신이 원하는 것 자체를 두고 고민하지 않는다. 그냥 단순하게 좋으면 좋은 것이고, 싫으면 싫은 것이다. 대상을 좋아하니까 그대로 돌진해서 취한다. 바로 이 점에 차이가 있다.

남성향 소설에서 히로인이 등장할 때, 이런 히스테리적 성향을 중심으로 심리를 묘사하면 어렵지 않다. 로맨스 소설의 여자 주인공 수준까지는 필요 없다. 로맨스처럼 쓰면 오히려 곤란해진다. 로맨스 소설의 여자 주인공은 가장 이상적인 모습으로 묘사되기 때문이다. 즉 여자 주인공이 남자 주인공에게 다가가기 위한 노력은 그리지 않고, 저절로 남자 주인공이 다가오게끔 연출한다.

그러나 남성향 소설에서 히로인을 이런 식으로 그리면 곤란하다. 단순히 히로인이 남자 주인공에게 푹 빠지는 과정을 간략하게 묘사하는 것만으로도 충분하다. 또 앞에서 짚은 조연이 지켜야 하는 원칙(문제를 유발하면 안 된다)에 충실해야 함은 물론이다. 이런 원칙을 지키지 못한다면 독자에게 '히로인이 되기 전에 죽여라(이른바 히전죽)'라는 요청을 받게 될 것이다.

이번 파트는 어려운 개념이 많이 등장해 단번에 이해하긴 쉽지 않을 것이다. 하지만 가볍게 알아두는 것만으로 여성 캐릭터를 설정하는 데 도움이 될 것이다. 한편 글을 읽으며 이런 질문이 떠올랐을 수도 있다.

'남성 독자와 여성 독자의 성향이 무엇인지 대충 알겠어. 그럼 여성향 소설, 로맨스와 로맨스 판타지는 어떤 구조를 띨까?'

'로맨스 판타지는 독자층이 넓다던데, 어떻게 하면 준비할 수 있지?'

이런 호기심을 가진 사람들을 위해 다음 파트를 준비했다. 로맨스 판타지는 어떻게 쓸까? 관심이 있다면 이어서 정독하면 된다. 로맨스 판타지물에 관심이 없다면 5장부터 읽기를 권한다.

· Mission

지금까지 읽은 베스트 작품 중 히로인이 등장하는 작품을 찾아보고, 히로인을 어떤 방식으로 서술했는지 정리해보자.

04

로맨스 판타지는 어떻게 준비할까?

앞에서 여성 독자의 기본 성향과 히로인을 설정하는 요령에 대해 살펴보았다. 이번에는 그 연장선에서 로맨스 판타지의 구조에 대해 알아보겠다.

사실 로맨스 판타지, 일명 '로판'의 구조는 조금 복잡하다. 로판은 강박적 성향과 히스테리적 성향이 모두 혼합된 형태이기 때문이다.

앞에서 여성 독자는 기본적으로 히스테리적 성향을 지니고 있다고 했다. 이 히스테리적 성향의 독자를 만족시킬 수 있는 기본 형태가 바로 로맨스 코드다.

특히 로맨스 판타지는 강박적 성향의 독자까지 만족시킬 수 있는 형태다. 그래서 남성향 판타지와 기본 구조가 비슷하다. 특히 여자 주인공이 성취를 이루는 '걸크러시 코드'는 강박적 성향을 강하게 띤다. 심지어 로맨스 요소가 전혀 없어도 베스트 톱을 찍는 경우도 있다. 이런 걸크러시 코드는 남성향 소설에서 주인공만 여성으로 바꾸었다고 말할 정도로 남성향 코드와 형태가 비슷하다. 하지만 로맨스 판타지의 주류는 로맨스 코드를 접목한 작품이 대다수이기 때문에 우선은 로맨스의 구조부터 살펴보겠다.

로맨스 코드의 기본 구조

당연한 이야기겠지만, 로맨스 코드는 남녀의 연애 과정과 닮았다. 연애 과정을 한번 짚어보자.

연애 과정

만남 → 썸 → 교제 → 결혼

처음엔 만남이 있다. 만남의 종류는 다양하다. 소개팅에서 만날 수도 있고, 운명처럼 우연히 만날 수도 있다. 또 계약 결혼처럼 계약으로 만날 수도 있고, 누군가의 모략에 빠져서 만날 수도 있다. 이런 것들이 전부 코드라고 생각하면 된다.

만남 이후엔 뭐가 있을까? '썸'을 탄다. 썸을 타면서 갈등과 화해를 반복하다가 사귄다. 정식 교제 선언을 하는 것이다. 교제를 하면서도 갈등과 화해를 반복하다가 결혼을 약속하고, 결혼에 골인하는 것으로 결말을 맺는다.

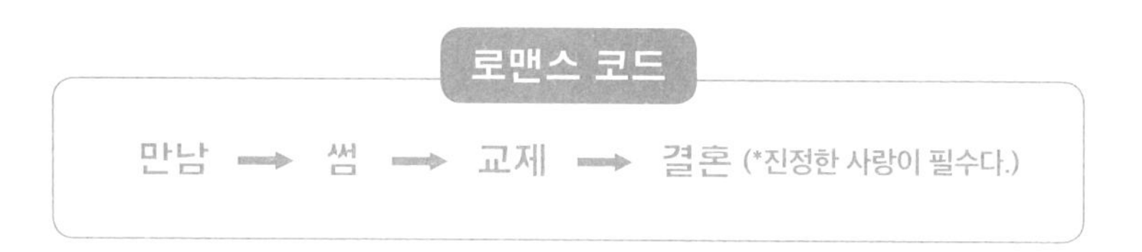

그래서 로맨스 소설의 기본 흐름을 보면 이와 매우 유사하다.

로맨스 소설도 여자 주인공과 남자 주인공의 만남으로 시작된다. 이후 흐름은 연애 과정과 일치한다. 만남이 있고, 썸을 타다가, 사귀고, 결혼에 골인한다. 현실과 다른 점이 있다면 이상향을 추구한다는 것이다. 그래서 언제나 결말에서는 두 주인공이 진정으로 사랑하는 상태에서 결혼하게 된다.

로맨스 소설에서는 사랑과 결혼이 따로 가면 안 된다. 계약으로 결혼하는 작품을 살펴보면, 두 주인공이 초반에는 어쩔 수 없이 결혼하지만 썸과 교제를 통해 진정한 사랑을 이루는 내용으로 흐른다는 것을 알 수 있다. 그렇다면 로맨스 코드에는 어떤 요소가 있을까? 그림과 함께 살펴보겠다.

로맨스 코드의 소설에는 기본적으로 여자 주인공과 남자 주인공이

여자 주인공		남자 조연
	운명의 열쇠	여자 조연
남자 주인공		가정 문제

있다. 주인공이 둘인 셈이다. 바로 이 점에서부터 남성향 판타지 소설과는 다르다.

강박적 성향의 독자가 주류인 남성향에선 주인공은 한 명이어야 한다. 그래야 그를 중심으로 마음껏 욕망을 충족시킬 수 있다. 하지만 로맨스 독자는 기본적으로 히스테리적 성향을 띠고, 스스로 욕망의 대상이 되길 원한다. 따라서 필연적으로 주인공은 두 명이어야 한다(여자 주인공의 욕망을 남자 주인공이 실현하는 등의 구조가 되어야 하기 때문).

여기서 여자 주인공의 조건은 그렇게 까다롭지 않다. 물론 완벽하게 설정해도 되지만, 조건을 비교적 자유롭게 선택할 수 있다. 여자 주인공은 외모가 평범해도 되고, 푼수기가 넘쳐도 된다. 돈이 없어도 상관없다.

하지만 남자 주인공은 완벽해야 한다. 외모, 키, 돈, 능력, 배경 등 외적인 면에서의 완벽이다. 이때 남자 주인공에게도 단점이 있는데, 이 단점은 방금 언급한 외적인 요소 이외에 불안한 자아라든가, 지나친 집착 등이다. 이런 단점은 병증에 가까울 정도로 심각해도 상관없다. 중요한 건 여자 주인공이 그 단점을 커버할 수 있는지 여부다.

그리고 여자 주인공과 남자 주인공은 운명의 열쇠로 이어져 있다. '운명의 열쇠'란 둘이 이어질 수밖에 없는 필연적인 이유다. 예를 들면 이런 것이다.

남자 주인공이 완벽하고 좋은데 단점이 있다. 그 단점은 바로 식탐이다. 그는 세상 모든 음식을 좋아하는데, 그중에서도 탕수육을 엄청나게 좋아한다. 반면 여자 주인공은 평범하고 그렇게 예쁘지는 않은데 특기가 하나 있다. 그 특기는 요리를 아주 맛있게 잘하는 것인데, 탕수육 솜씨는 세계 제일이다.

작품이 이렇게 구성되어 있다면 남녀 주인공은 이어질 수밖에 없는 사이가 된다. 다른 경우도 있다. 남자 주인공이 정신적으로 약간 불안한데 여자 주인공만 보면 심신이 안정된다거나, 불면증인데 여자 주인공을 끌어안으면 잘 수 있다거나 하는 식이다.

감이 잡히는가? 이렇게 두 주인공은 운명적으로 연결되어 있다. 이때 둘의 관계가 더 끈끈해지기 위해서는 장치가 필요하다. '외부에서 비롯된 시련'이 바로 그것이다. 시련의 양상은 다양하게 나타나지만, 대부분의 작품은 주로 세 가지 요소를 활용한다. '남자 조연, 여자 조연, 가정 문제.'

남자 조연은 여자 주인공의 조력자나 악인, 남자 주인공의 라이벌, 이 세 역할 중 하나로 쓰인다. 간혹 전부 다 쓰이는 경우도 있다. 여자 주인공의 조력자인 척하는 악인임과 동시에 남자 주인공의 라이벌이 되는 셈이다. 여자 조연도 마찬가지다. 주로 여자 주인공의 조력자나 라이벌 등으로 등장한다.

가정 문제라는 시련 요소의 대표는 주로 '돈'이다. 이때 돈은 주로 여자 주인공의 시련으로만 작용한다. 남자 주인공의 가정 문제는 돈일 수가 없다. 외적으로 완벽해야 남자 주인공이 될 자격이 있기 때문이다. 대신 남자 주인공에게는 다른 가정 문제가 있다. 할아버지가 시한부라든가, 죽음을 앞둔 아버지의 소원이 주인공의 결혼이라든가 하는 식이다.

이상이 로맨스 코드의 공통적인 주요소다. 로맨스 코드를 쓰는 대부분의 소설이 지키는 원칙이다. 이런 로맨스 코드의 목적은 진정한 사랑의 완성이다. 단지 결혼 같은 외적 결합이나 육체적 결합만 목적으로 하는 것이 아니라 마음으로도 사랑하는 외적, 내적 사랑의 완성을 추구한다.

스토리 양상도 남성향과는 완전히 다르다. 남성향에선 주인공이 원하는 것을 쟁취하는 식으로 이야기가 진행된다. 반면 로맨스에선 여자 주인공의 욕망대로 남자 주인공이 움직이는 형태로 이야기가 진행된다. 즉 여자 주인공이 원하는 것을 남자 주인공이 실현해주는 에피소드가 대다수다. 이때 여자 주인공의 욕망은 결핍에서 비롯된다. 적극적으로 무엇인가를 원한다기보다는 뭔가 부족함을 느껴 이를 채워주길 바란다. 그래서 로맨스에서는 에피소드별로 여자 주인공이나 남자 주인공에게 어떤 결핍이 있는지가 중요하다. 서로 그것을 채워주는 것이 이야기의 핵심이기 때문이다.

결국 로맨스를 쓰는 작가는 주인공들의 결핍을 계속 디자인해야 하는 셈이다.

로맨스 판타지 코드의 기본 구조

그렇다면 로맨스 판타지, 즉 로판은 그냥 로맨스와는 어떻게 다를까? 단순히 중세 유럽풍 배경에서 로맨스를 쓰면 되는 것일까? 단지 배경만 바뀐다고 생각할 수 있지만, 로판의 구조는 그보다는 조금 더 복잡하다.

서두에서 로판은 로맨스와는 달리 강박적 성향을 부각한 형태라고 이야기했다. 둘이 구체적으로 어떤 점이 다른지 크게 세 가지로 분류해보았다.

첫 번째는 배경이다.

현대를 배경으로 한 로판은 거의 없다. 배경이 중세 판타지나 판타지 소설 속인 경우가 압도적으로 많다. 다음으로는 동화, 동양풍 중세, 무협 시대, 조선 시대 등이 있다.

두 번째는 주인공이다.

로맨스에서는 필연적으로 남자 주인공과 여자 주인공 둘이 있다고 했다. 하지만 로판에서는 여자 주인공 한 명을 중심으로 이야기가 시작된다. 이후 이야기가 진행되어가면서 여자 주인공이 남자 주인공을 고른다.

남자 주인공의 비중도 로맨스와는 다르다. 로맨스에서 남자 주인공은 작품의 핵심이라고 할 만큼 중요하다. 로맨스 독자 대부분이 남자 주인공을 '꽃'으로 비유할 정도니 말이다. 그 정도로 로맨스 코드에서 남자 주인공은 중요하고, 그가 없으면 이야기가 성립되지 않는다.

하지만 로판에서 남자 주인공의 비중은 여자 주인공이 획득할 수많은 선택지 중 하나일 뿐이다. 남성향 판타지에서 히로인의 비중보다는 큰 편이지만, 경우에 따라서는 아예 쓰지 않기도 한다. 여자 주인공이 남자 주인공으로 추정되는 인물과 결혼하지 않을 수도 있다는 것이다.

세 번째는 구성이다.

로맨스 코드의 목적은 사랑의 완성이다. 반면 로판에서 사랑의 완성은 선택이다. 가장 중요한 건 여자 주인공의 욕망이다. 여자 주인공이 하고 싶은 일을 하는 것이 가장 중요한 목표라는 것이다.

로판에서 여자 주인공의 욕망에는 제한이 없다. 악역이지만 부자인 엑스트라로 빙의해 편하게 사는 것을 원할 수도 있고, 세계를 멸망에서 구하는 것을 원할 수도 있다. 로맨스 코드를 접목해 악당이지만 멋진 남자 주인공을 길들이는 게 목적일 수도 있다. 이런 점도 남성향과 일치하는 부분이다.

그래서 배경과 주인공의 성향, 욕망을 남성향 주인공처럼 쓴 작품도 어렵지 않게 찾을 수 있다. 이런 작품은 지금까지 정리한 주인공에 관련된 원칙을 그대로 적용할 수 있다. 나는 이런 로맨스 요소가 들어가지 않은 로판 코드를 '걸크러시 코드'라고 칭하는데, 이런 걸크러시 코드에서 여자 주인공의 매력은 그녀의 욕망을 채워줄 힘이라고 할 수 있다. 이런 강력한 힘이 주인공의 매력이라는 사실은 남성향 판타지와 정확히 일치한다.

따라서 걸크러시 코드를 쓴 로판 작품에서 앞에서 정리한 대리만족의 3요소를 그대로 적용할 수 있다. 다만 주인공의 공통적 성향은 달라지기도 한다. 남성향에서 발암이라고 여겨지는 장면도 여성 독자는 참고 보는 경우가 꽤 있기 때문이다. 여성은 수용 가능한 감정의 폭이 비교적 넓기 때문에 좀 더 자유롭게 써도 연독률에 큰 지장을 받지 않을 수 있다.

사실 남성 작가가 로맨스에 도전하는 것은 힘들다. 큰 틀과 공통점을 이해할 수는 있어도 여자 주인공의 사고방식을 체득하기는 힘들기 때문에 감정선 묘사가 자연스럽지 않다. 하지만 로판, 그중에서도 걸크러시 코드는 충분히 도전해볼 만하다. 일단 자신 없는 로맨스 파트를 굳이 쓰지 않아도 흥행하는 경우가 있기 때문이다.

또 판타지 세계의 의사나 요리사, 수의사 등의 전문가가 되어 사회적으로 성공하는 내용의 로판도 있다. 어린아이로 빙의하는 육아물도 로맨스 요소가 거의 없다. 무협 세계에서 여성 고수로 성공하는 작품도 있다.

만약 로판을 준비한다면 이런 작품들을 읽어보고 직접 분석해보길 권한다. 이번 파트에서 언급하지 않은 요소도 있기 때문이다. 남성향처럼만 써서는 안 되는 부분도 분명히 존재하고, 현재는 전혀 먹히지 않는 소재도 있다. 하지만 이들을 전부 파악하고 보완해나간다면 충분히 도전할 수 있는 분야다.

실제로 남성 작가 중 로판을 써서 대박을 낸 경우가 종종 있다. 그들이 성공한 것은 바로 남성향과 로판의 유사성을 공략한 덕분이라고 생각한다.

지금까지 로맨스와 로판의 구조를 살펴보았다. 이렇게 비교해보면 남성향 판타지의 특징도 좀 더 뚜렷하게 알 수 있을 것이다. 한 가지를 덧붙이자면 로판은 소재의 범위가 넓다. 남성향에서 한창 인기를 끌고 있는 빙의 엑스트라물도 로판으로 시작했다. 로판에서도 남성향 무협이나 양판소(양산형 판타지 소설) 주인공 같은 소재를 끌어다 쓰기도 한다. 이런 시도가 가능한 것은 기본 형태의 유사성 때문이다. 새로운 코드나 신선한 소재를 찾을 때 로판 작품을 참고하는 것도 방법이 될 수 있다.

· **Mission**

카카오페이지 로판 베스트 작품과 조아라 무료 연재 로판 베스트 작품을 하나씩 읽어보고, 이번 파트에서 언급한 원칙을 확인해보자.

1화를 시작하는 법

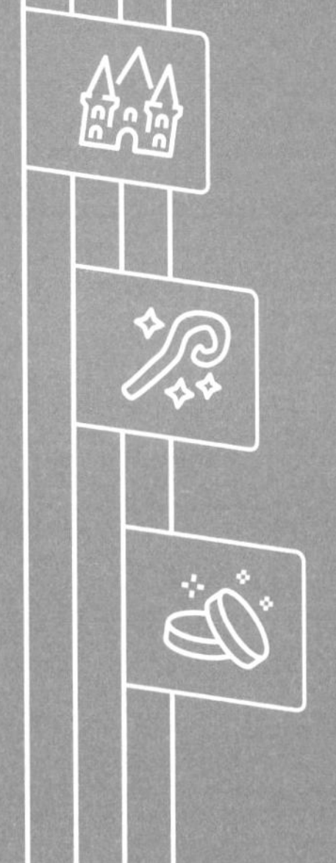

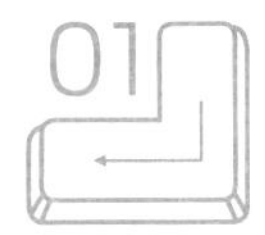

서술법 개론, 어떻게 써야 하는가?

소설이라고 하면 많은 이들이 문학을 떠올린다. 세계문학 전집이나 노벨 문학상 등 권위 있는 상을 받은 작품, 교과서에 실린 근대 국문학을 떠올릴 수도 있다. 이러한 작품은 사실 문학적인 작품성과 완성도와는 별개로 굉장히 어렵고 수준 높게 느껴질 때가 많다. 재미있어서 읽었다기보다는 학업을 목적으로 강제로 읽은 사람도 꽤 있을 것이다.

두껍고 재미없어 보이는 표지와 빽빽하게 들어찬 작은 활자, 반드시 읽어야 한다며 선생님이 그어준 붉은색 밑줄. 그런 소설을 떠올리면 글쓰기가 아주 어렵게 느껴지고, 전문 작가만의 영역으로 생각되기도 한다.

하지만 웹소설에 도전하는 여러분은 그렇게 생각할 필요가 전혀 없다. 그런 소설과는 완전히 다른 글을 쓰기 때문이다. 여러분이 쓰는 글과 가장 가까운 건 '일기'다. 그중에서도 기교나 기법을 전혀 가미하지 않은, 담백한 문장으로 그날 있었던 일과 자신의 소감을 적은 어린 시절의 일기와 가장 비슷하다.

초등학생 시절 썼던 일기가 딱 이런 형태다. 그날 무슨 일이 있었고, 거기서 무엇을 느꼈는지 소소하게 적던 일기가 웹소설과 가장 비슷한 형태인 것이다. 당시를 떠올려보자. 일기를 쓰기 직전 학교에서는 무엇을 가르쳐줬을까?

기억을 돌이켜봐도 우리가 일기를 쓰기 위해 특별하게 배운 건 없다. 그저 교과서를 읽고, 모르는 단어를 정리하고, 책을 읽은 정도가 전부다. 사실 내면에 있는 말을 적는 데는 이 정도 훈련만으로 충분하다. 우리는 이 과정을 정규 교과과정 동안, 그러니까 대학을 제외하고서도 최소 12년 이상 밟아왔다. 즉 글을 쓰기 위해 필요한 것은 이미 다 갖추었다는 의미다.

그렇다면 일기와 웹소설의 차이는 무엇일까? 일기는 그날 겪은 일 중 자신에게 의미 있거나 중요한 일을 골라서 쓰는 글이다. 하지만 웹소설은 주인공이 겪을 법한 일 중 독자가 재미있어할 만한 일을 골라서 쓴다.

우선 전형적인 일기를 한번 살펴보자.

〈예문 1〉

나는 관악산으로 소풍을 갔다.

그곳에서 스님을 만났는데, 좋은 말씀을 해주셔서 참 좋았다.

⋮

관악산 연주암에 가보았다면 누구든 쓸 수 있는 일기문이다. 이를 웹소설, 그중에서도 레이드물로 변형해보면 다음과 같다.

〈예문 2〉

나는 관악산에 있는 던전에 들어갔다.

그곳에서 고블린을 만났는데, 인간의 말을 할 줄 알아서 신기했다.

⋮

어떤가? 아주 기초적인 변형이다. 소풍을 던전으로, 스님을 고블린으로 바꾸었을 뿐인데 금세 레이드물의 서두가 되었다. 한발 더 나아가보자. 여기서 '나'를 주인공 이름으로 바꿔보자. 주인공 이름을 '유명한'으로 정한다면 이렇게 쓸 수 있다.

〈예문 3〉

유명한은 관악산에 있는 던전에 들어갔다.

그곳에서 고블린을 만났는데, 인간의 말을 할 줄 알아서 신기했다.

웹소설을 많이 읽었다면 〈예문 3〉의 문장이 매우 익숙할 것이다. 기성 작가들은 이렇게 쓰는 것을 1인칭 같은 3인칭 기법이라고 말한다. 주인공 시점에서 주인공을 중심으로 쓰지만 3인칭으로 쓰는 대표적인 서술법이다. 이렇게 쓰면 주인공에게 쉽게 몰입할 수 있다. 처음부터 '나'를 중심으로 서술한 다음 '나'를 주인공 이름으로만 바꿔주었기 때문에 바로 몰입할 수 있는 것이다.

그다음 내용을 계속 적어보겠다. 다음 예문은 주인공과 지금 상황에 몰입해 벌어질 법한 장면을 써본 것이다.

〈예문 4〉

고블린이 말했다.

"캭캭! 너! 인간! 여기 왜 들어왔냐?"

유명한은 답하지 않았다. 대신 검을 들고는 그대로 녀석을 베어버렸다.

이곳에 온 것은 사냥하기 위해서지 잡담하기 위해서는 아니기 때문이었다.

⋮

괜찮은 장면이 탄생했다. 주인공이 던전에 들어가 고블린 한 마리를 사냥하는 장면이다. 그다음 내용은 어떻게 이어가면 좋을까? 주인공 입장에서 생각해보면 쉽게 풀린다. 먼저 사냥에 성공했으니 보상이 주어지는 것이 자연스럽다. 레벨업을 하든가, 아이템을 얻든가. 이렇게 보상을 얻은 주인공의 만족스러운 감정을 써준다면 독자도 만족감을 느낄 것이다. 이런 맥락으로 〈예문 5〉를 적어보았다.

〈예문 5〉

고블린의 몸은 한칼에 두 동강이 났다.

놈의 시체가 녹색 피를 흩뿌리며 바닥에 뒹굴자 유명한의 귓가에 맑은 음성이 들려왔다.

[레벨업하셨습니다. 이제 3레벨이 되었습니다.]

순간 온몸에서 빛이 나면서 뜨거운 기운이 몸속으로 흘러 들어왔다.

유명한의 입가에 미소가 지어졌다.

간만에 느끼는 좋은 기분이었다.

⋮

순식간에 주인공이 고블린을 물리치고 레벨업하는 장면을 완성했다. 처음부터 끝까지 읽어보면 이제까지 읽은 레이드물의 한 장면과 크게 다르지 않음을 느낄 수 있을 것이다.

유명한은 관악산에 있는 던전에 들어갔다.

그곳에서 고블린을 만났는데, 인간의 말을 할 줄 알아서 신기했다.

고블린이 말했다.

"캬캬! 너! 인간! 여기 왜 들어왔냐?"

유명한은 답하지 않았다. 대신 검을 들고는 그대로 녀석을 베어버렸다.

이곳에 온 것은 사냥하기 위해서지 잡담하기 위해서는 아니기 때문이었다.

고블린의 몸은 한칼에 두 동강이 났다.

놈의 시체가 녹색 피를 흩뿌리며 바닥에 뒹굴자 유명한의 귓가에 맑은 음성이 들려왔다.

[레벨업하셨습니다. 이제 3레벨이 되었습니다.]

순간 온몸에서 빛이 나면서 뜨거운 기운이 몸속으로 흘러 들어왔다.

유명한의 입가에 미소가 지어졌다.

간만에 느끼는 좋은 기분이었다.

⋮

이처럼 웹소설의 기본 서술은 일기와 크게 다르지 않다. 일기에서 '나'를 주인공 이름으로 바꿔주는 것만으로도 베스트 작품과 같은 몰입감을 연출할 수 있다. 일기처럼 몰입해서 쓴다. 이것이 웹소설 서술의 첫 번째 원칙이라고 할 수 있다.

두 번째 원칙은 쉽게 써야 한다는 것이다. 쉽게 쓰기 위해서는 몇 가지 세부 원칙이 필요하다. 이제까지 적은 예문을 다시 한번 보면서 다음 질문을 던져보자.

첫 번째, 문장의 길이는 어떤가?

두 번째, 여러 개의 문장을 한 문장으로 쓴 복문은 몇 개인가?

세 번째, 의미가 같은 문장은 몇 개인가?

조금만 살펴보면 세 가지 질문에 쉽게 답할 수 있다. 예문에 나온 문장은 대체로 길이가 짧다. 병렬된 복문은 몇 개 보이지만, 대부분 단문으로 구성되어 있다. 의미가 같은 중복 표현도 거의 찾아볼 수 없다. 바로 이것이 '쉽게 써야 한다'는 원칙의 세부 원칙이다. 정리하면 다음과 같다.

첫 번째, 짧게 끊어서 쓴다.

두 번째, 복문을 쓰지 않는다.

세 번째, 같은 장면에 의미가 같은 문장을 여러 개 쓰지 않는다.

나는 여기에 다음 한 가지 원칙을 추가했다.

네 번째, 핵심적인 단어로 명확하게 쓴다.

결국 문장의 의미가 명확해야 의미가 같은 문장을 여러 개 쓰지 않아도 내용을 쉽게 전달할 수 있다. 또 명확하게 쓰기 위해서는 정확한 단어를 사용해야 한다. 이와 같은 네 가지 세부 원칙을 염두에 두고 다시 예문을 살펴보면 많은 지점을 확인할 수 있다.

우선 단순하지만 쉽게 묘사되는 것을 알 수 있다. 주인공에게 한칼에 두 동강 난 고블린의 시체가 바닥에 나뒹구는 장면이 그려질 것이다. 여기에 미사여구는 거의 쓰지 않았다. 수식어도 없다는 것을 발견할 수 있다. 미사여구, 수식어구가 없어도 이야기를 전개하는 데는 큰 무리가 없다는 뜻이다. 오히려 좋은 영향을 준다. 전개가 빨라지고 장면을 명확하게 이해할 수 있기 때문이다.

다시 말하면 이런 것이다. 책상을 묘사할 때 머릿속에 수많은 수식어구를 사용한다고 생각해보자. 이를테면 책상을 '황금빛 물결이 넘실거리는 듯한 나뭇결이 있는 고풍스러운 느낌의 넓은 합판 밑에 네 개의 부드러운 곡선 문양이 새겨진 다리가 붙어 있는 가구'라고 표현했을 때 어떤 느낌이 드는가? 수식어가 잔뜩 붙은 이 단어들의 조합만 읽고 책상이 그려지는가? 아마 그런 사람은 거의 없을 것이다. 대부분은 혼란스러울 수밖에 없다. 처음에 황금빛 물결이 나오기 때문에 바다를 이야기하는 것인가 싶다가 나뭇결이 나오고 합판이 나오고 다리가 나오니 정체를 종잡을 수 없다. 한번 읽고 바로 책상이라는 이미지가 떠오르지 않는 건 지극히 정상이다. 이렇게 쓰는 것보다는 '나무 책상', '잘 손질한 책상', '잘 손질해 나뭇결이 살아 있는 책상' 정도로 쓰는 것이 훨씬 빠르고 직관적으로 읽힌다. 이는 조금 전 예문에도 그대로 적용할 수 있다.

고블린을 묘사할 때도 '귀가 크고 기괴하게 생긴 키 작은 녹색 괴물'이라고 쓰는 것보다는 '고블린'이라고 간단히 쓰는 것이 훨씬 낫다. 작가가 직접 설정한 특별한 몬스터라면 묘사가 어느 정도 필요할 수 있다. 하지만 판타지 소설 독자 중 고블린을 모르는 사람은 없다. 이럴 때는 그냥 '고블린', '말하는 고블린' 정도로 포인트만 잡아서 짧게 써주는 것이 잘 읽힐 뿐 아니라 속도감도 나고 몰입도도 높일 수 있다. 이처럼 묘사나 서술을 할 때는 필요한 핵심 단어만으로 간략하게 쓰는 것이 좋다.

사실 우리는 '간략하게, 요약해서 쓰기'를 이미 많이 훈련해왔다. 12년 동안 정규 교과과정을 통해 가장 많이 익힌 기술이 바로 이 요약이기 때문이다. 중간고사나 기말고사 같은 시험을 볼 때 좋은 점수를 받기 위해선 교과서를 요약해 암기 노트를 만들어야 한다. 그렇기에 싫든 좋든 요약 기술을 어느 정도는 익힌 셈이다.

여러분이 웹소설에 도전하기로 마음먹었다면 지금까지 묵혀둔 요약 기술을 꺼낼 때가 되었다. 표현하고자 하는 장면을 쓸 때 어떻게 꾸밀지, 어떻게 표현할지 고민할 필요는 전혀 없다. 가장 직관적이고 명확한 단어로 서술하는 것으로 충분하다. 이렇게만 쓸 수 있다면 웹소설 서술의 절반은 완성했다고 할 수 있다.

이상 기초적인 서술법에 대해 살펴보았다. 이어지는 글에서는 좀 더 실질적인 이야기를 해보겠다. 지금 살펴본 두 가지 기초 원칙을 가지고 직접 1화를 써볼 텐데, 이를 위해 3장 4파트에서 제시한 과제와 4장

2파트에서 수행한 과제를 중심으로 논의할 예정이다.

· Mission

베스트 작품 셋을 골라 5화까지 읽고, 이번 파트에서 언급한 두 가지 기초 원칙에 따라 서술했는지 확인해보자.

드넓은 백지를 채울 수 있는 마법의 서술 원칙 (1)

앞에서 살펴본 서술의 기초 원칙 두 가지는 다음과 같다.

첫 번째, 일기처럼 몰입해서 쓴다.
두 번째, 쉽게 쓴다.

쉽게 쓰기 위한 원칙도 살펴봤다.

첫 번째, 짧게 끊어서 쓴다.
두 번째, 복문을 쓰지 않는다.
세 번째, 같은 장면에 의미가 같은 문장을 여러 개 쓰지 않는다.

네 번째, 핵심적인 단어로 명확하게 쓴다.

처음 웹소설을 쓴다면 일단 이런 기초 원칙만 가지고 글을 써보길 권한다. 이렇게 써보면 필력을 키우는 데 아주 큰 도움이 될 것이다. 이번 파트에서는 기초 원칙을 바탕으로 글을 쓰면서 해결되지 않는 부분을 다룰 것이다.

여러분 앞에 놓여 있는 백지는 상당히 넓다. 한 화를 완성하기 위해선 띄어쓰기를 포함해 최소 5,000자 이상을 채워야 한다. 5,000자는 A4 용지로 치면 3~4장 정도 분량이다. 이걸 매주 5회 이상 연재해야 베스트를 노릴 수 있다. 주 5회라는 분량은 최소 기준이다. 요즘은 경쟁이 과열되어 주 7회 쓰는 사람도 많다.

하루 5,000자씩 주 5회, 그리고 완결을 내려면 최소 7권 이상은 되어야 한다. 1권은 25화로 이뤄져 있으니, 최소 175화 이상을 써야 한 질을 완성할 수 있다. 이 분량은 A4 용지로 500~700페이지 정도 된다.

웹소설 작가는 이 정도로 많은 글을 써야 한다. 일기처럼 몰입해서 쉽게 쓴다는 원칙만으로 채우기엔 지나치게 많은 분량이라고 할 수 있다. 그렇다면 또 어떤 원칙을 가지고 이 넓은 백지를 채울 수 있을까?

사실 이 부분을 이론만 가지고 접근하면 어려워진다. 시중의 소설 작법서를 읽었을 때를 떠올려보자. 책에서 읽은 대로 글 쓰는 방식을 개선해본 경험이 있는가? 이것을 가능하게 하려면 두 가지 전제가 필요하다.

첫 번째는 작법서에서 소개한 기법의 정확한 내용을 이해해야 하고, 두 번째는 그렇게 기억한 기법을 써먹어야 한다. 하지만 막상 글을 써보면 쉽지 않다. 보통은 그냥 자기 스타일대로 쓰게 된다. 이런 이유로 작법서만으로 웹소설 쓰는 데 성공하는 이는 거의 없다. 나 역시 데뷔하기 전까지 작법서는 한 권도 본 적이 없다.

이런 경험을 토대로 나는 이 책에서 좀 더 효율적이고 실질적인 방법으로 웹소설 작법에 접근할까 한다. 직접 1화를 준비하면서 필요한 서술법을 소개할 것이다. 이렇게 하는 이유는 1화가 쓰기 가장 어렵기 때문이다. 일단 시작한 에피소드를 이어가는 것은 그리 어렵지 않다. 하지만 작품의 시작 부분은 작가의 기술을 전부 쏟아붓지 않으면 실패하기 쉽다. 아직 주인공의 매력을 어필하지 못했기 때문이다.

독자는 주인공의 매력에 이끌린다. 이미 매력을 어필한 주인공으로 에피소드를 이어가는 건 그나마 수월하지만, 처음 등장한 주인공의 매력을 어필하기 위해선 많은 기술이 필요하다. 그래서 기성 작가는 초반부, 특히 1·2·3화를 쓰는 데 가장 많은 시간을 투자한다. 여기서 독자를 사로잡지 못하면 베스트에 오르기는커녕 생계를 유지하기조차 힘들다.

따라서 작품의 초반부만 제대로 읽고 분석해도 그 작가의 기술을 엿볼 수 있다. 지금까지 베스트 작품을 골라 초반부를 읽고 분석해보는 과제를 많이 냈는데, 그 이유도 바로 이 때문이다. 지금부터는 이제까지 수행해온 과제를 바탕으로 이야기를 나눠보겠다.

1화를 쓰기 위해
가장 먼저 해야 할 일

자, 1화를 쓰기 위해 가장 먼저 해야 할 일은 무엇일까? 힌트는 역시 주인공이다. 결국 독자는 주인공을 보기 때문이다. 또 주인공을 통해 만족을 얻기 때문이다. 그래서 맨 처음 글을 쓰기 위해 자리에 앉아 백지와 마주했을 때, 스스로에게 이런 질문을 던져야 한다.

"이번 작품에서 어떤 주인공을 설정해야 하지?"
"어떻게 독자를 만족시킬까?"

주인공과 코드에 관련된 질문이다. 여기에 대한 대답은 이미 여러분이 냈다. 3장 4파트에서 코드를 결정하는 과제가 있었고, 4장 2파트에서 주인공을 설계하는 과제가 있었다. 이들을 꺼내 한번 살펴보자.

여러분은 어떻게 설계했는가? 미션에서 힌트를 준 것처럼 대리만족의 3요소를 중심으로 설계했을 것이다. 주인공의 동기, 세계 적합성, 차별적인 능력을 중심으로 주인공의 내력과 성격도 설정했을 것이다. 나 역시 이 다섯 가지 항목을 가지고 간단히 설계해봤다.

나는 판타지 세상을 배경으로 회귀 코드를 쓰기로 결정했다. 그래서 주인공을 다음과 같이 설계했다.

동기 - 이번 생에서는 성공한 삶을 살고 싶다.

세계 적합성 - 전생의 기억을 지니고 있다. 마법의 대륙에서 마법이 통하지 않는, 마법 면역의 육체를 타고났다.

차별적인 능력 - 마법에 면역이 있는 육체와 강한 물리력. 이에 따라 마법사를 골라서 물리치는 과정을 그릴 예정.

내력 - 마법력이 신분과 부의 척도가 되는 마법의 대륙에서 마법력 없는 주인공이 비참하게 살다 죽음을 당하고 회귀한다. 과거로 돌아온 주인공은 자신이 마법 면역체가 된 것을 확인한다.

성격 - 온정이 많지만 겉으로 잘 드러나지 않는 성격.

먼저 동기부터 살펴보자. 우선 회귀물이라서 동기는 간단히 '이번 생에서는 성공한 삶을 살고 싶다'로 정했다.

다음은 세계 적합성으로 회귀물의 기본 요소, 전생을 기억하고 있다는 점 이외에 한 가지를 더 설정했다. '마법의 대륙에서 마법이 통하지 않는, 마법 면역의 육체를 타고났다는 것'.

차별적인 능력은 방금 소개한 마법 면역의 육체와 강한 물리력으로 정했다. 여기서 중요한 것은 능력의 종류보다는 '주인공만의 차별적인 루트'다. 따라서 대략적인 전개 양상, 즉 '마법사를 골라서 물리치는 과정을 그릴 예정'이라고 적었다.

그다음 주인공의 내력은 이렇게 정했다. '마법력이 신분과 부의 척도가 되는 마법의 대륙에서 마법력 없는 주인공이 비참하게 살다 죽음을

당하고 회귀한다. 과거로 돌아온 주인공은 자신이 마법 면역체가 된 것을 확인한다.'

마지막으로 정한 건 주인공의 성격이다. '온정이 많지만 겉으로 잘 드러나지 않는 성격.'

이렇게만 간단히 정했다. 어떤가? 여러분이 수행한 과제와 비교해보면 크게 다르지 않을 것이다. 그런데 이것만으로 바로 글을 쓸 수 있었는지 묻는다면 바로 답하기 쉽지 않을 것이다. 이 설정과 1화 사이에는 아주 넓은 간극이 있기 때문이다.

설정으로 1화를 쓰기 위해서는 많은 것이 필요한데, 첫 번째 준비 단계로 시놉시스를 작성해보겠다. 시놉시스는 글의 개요다. 쉽게 말하면 뼈대라고 할 수 있다. 1화에 무엇을 써야 하는지 간단하게 요약한 글이라고 보면 된다. 1화뿐 아니라 글 전체, 모든 화를 쓰기에 앞서 필요한 과정이다.

시놉시스는 아주 간단하게 적을 수도 있지만 본문을 방불케 할 정도로 자세히 적을 수도 있다. 여기서는 보통 내가 설계하는 방식대로 잡아보겠다.

1화 맨 첫 부분은 어떻게 시작할까?

지금까지 베스트 작품을 꾸준히 읽었다면 바로 알 수 있을 것이다. 회귀 코드를 쓰는 작품의 1화 첫 부분에는 대체로 주인공의 전생 이야기가 나온다. 실패한 인생의 줄거리가 나오는 것이다. 주인공이 어떤 인생을 살았으며 어떤 계기로 회귀하게 되었는지 나온다. 즉 앞에서 언급했듯 주인공의 내력에 해당하는 부분이다.

나는 '마법력이 신분과 부의 척도가 되는 마법의 대륙에서 마법력 없는 주인공이 비참하게 살다 죽음을 당하고 회귀한다'라고 설정했는데, 이를 글로 옮기려면 더 구체화해야 한다. 그래서 이렇게 더 자세히 적어보았다.

1화 시놉시스

1. 주인공 로데온은 마법 명가 그레고리 가문의 장손.
2. 가문의 기대를 잔뜩 안고 태어났지만 마법력이 없어 아들 취급을 받지 못함.
3. 평생 없는 사람 취급받으며 살던 로데온은 어느 날 기연을 만남.
4. 아르콘 신의 선택을 받아 자신이 마법 면역의 신체를 타고났다는 사실을 알게 됨.
5. 하지만 그날 밤 막내동생 로키가 보낸 암살자가 찾아오고 그에게 목숨을 잃음.
6. 그때 아르콘에게 받은 신물이 빛나면서 과거로 회귀.

어떤가? 굉장히 많은 것이 결정되었다는 사실을 확인할 수 있다. 주인공의 이름과 가문이 결정되었고, 구체적인 상황이 드러났다. 중요한 상황을 짚어보면 크게 세 가지다.

첫 번째, 주인공은 마법력 없이 태어났다.

두 번째, 아르콘 신에게 선택을 받아 희망이 생겼다.

세 번째, 막내동생이 보낸 암살자에게 죽었다.

이 세 가지 이야기를 첫 부분에 써야 하는 것이다. 분량으로 치면 3,000자에서 4,000자 정도다. 직접 써보면 알겠지만, 이 부분을 4,000자 안에 쓰는 것은 쉽지 않다. 배경을 자세히 설명하느라 5,000자를 훌쩍 넘기기 십상이다. 간혹 이 이야기를 3화에 걸쳐서 쓰기도 하는데, 그렇게 길게 쓰는 것은 좋지 않다.

이 부분을 길게 쓰게 되는 것은 배경 설정을 위해 너무 많은 시간을 들이기 때문이다. 공을 들인 만큼 지면에 많은 양을 쓰는 것이다. 하지만 이 부분은 대단히 집약적이고 속도감 있게 전개되어야 한다. 그래야 독자가 포기하지 않고 읽는다.

앞에서 배경은 코드가 될 수 없다고 했다. 배경과 세계관에 대해 너무 자세히 쓰려고 하지 말고, 주인공에 대해 서술하되 핵심만 추려야 한다.

여기서 사용할 수 있는 서술법 두 가지를 소개하겠다. 첫 번째는 요약 서술법이다. 간략하게 줄거리를 서술하는 방법이다. 두 번째는 장면 서술법이다. 구체적인 장면을 그리는 방법으로, 주인공의 상황에 몰입하기 쉬워진다.

나는 이 두 가지를 혼합해 구성할 것이다. 첫 부분은 요약 서술법을 사용해서 써보겠다. 다음을 살펴보자.

〈예문〉

그레고리 가문은 아타락시아에서 가장 유명한 5대 가문 중 하나다.

선대 율리우스 그레고리는 세상에 쳐들어온 마왕을 물리친 다섯 마법사 중 하나였다.

로데온은 바로 그 그레고리 가문의 장손으로 태어났다.

빛의 신 아르콘에게 몇 날 며칠을 기도해 낳은 자손이라 모든 가족의 기대는 그에게 쏠렸다.

하나 그 기대는 곧 경멸로 바뀌었다. 태어난 후 100일째 되는 날 하는 마력 측정에서 터무니없이 낮은 등급이 나왔기 때문이다.

그의 등급은 0.

일반인보다 낮은 등급이었다.

이는 그레고리 가문에서 수치나 마찬가지였다.

위대한 대마법사 율리우스 그레고리의 자손 중 제로 등급이 태어나다니.

그날 이후 로데온의 존재는 은폐되었다.

아버지이자 그레고리 가문의 가주 엔다르는 로데온을 만나려 하지 않았다.

로데온은 그 때문에 가문에서 유령처럼 살았다.

그러던 어느 날 그에게 기연이 찾아왔다.

⋮

내가 시놉에서 정리한 1·2·3번까지 쓴 원고다. 기본 뼈대에서 조금씩만 추가해 이야기를 만들었다. 그렇게 자세하게 적지는 않았지만 핵심 내용은 빼놓지 않았다.

나는 이 원고를 쓸 때 한 가지 원칙만 가지고 서술했다. 주인공이 누구인지, 어떤 상황에 처했는지 보여주려고 했다는 것이다. 그래서 세계관이든 배경이든 모든 것이 주인공을 중심으로 서술되어 있다.

이런 서술이 바로 요약 서술법이다. 요약 서술은 과정이나 역사를 신속하게 보여줄 때 사용한다. 작품 첫 부분에서 세계관과 주인공의 내력을 보여줄 때 아주 적합한 서술법이다. 많은 내용을 효율적으로 보여줌으로써 독자에게 필요한 정보만 줄 수 있기 때문이다. 이런 요약 서술법의 특징은 다음과 같다.

첫 번째, 짧은 지면에 많은 내용을 담을 수 있다. 그래서 지루한 세계관이나 배경 설명을 빠르게 치고 나갈 수 있다.

두 번째, 요약적으로 쓰다 보니 감정이입이 약한 편이다.

'감정이입이 약하다'는 게 꼭 단점만은 아니다. 감정이입이 잘되는 것을 무조건 좋은 것이라고 볼 수는 없기 때문이다. 독자는 좋은 감정, 특히 통쾌함, 만족감, 훈훈함, 짜릿함 등 긍정적인 감정만 느끼고 싶어 한다. 따라서 이런 긍정적인 감정에 이입시키는 것은 좋지만, 슬프거나 짜증 나거나 불편한 감정, 즉 좋지 않은 감정은 깊이 이입시키기보다는 스킵하는 것이 좋다.

하지만 이야기에 '만족감'을 부여하기 위해서는 어느 정도 '불만족스러운' 상태가 존재해야 한다. 그래서 이런 불만족스러운 상태, 불쾌한 사건, 문제의 발단 등에 해당하는 내용을 요약 서술법으로 묘사하면 독자가 스트레스를 덜 받을 수 있고, 이렇게 함으로써 독자에게 불만 없이 만족감을 줄 수 있다. 바로 이 점이 요약 서술법의 핵심이다.

· Mission 1

베스트 작품 셋을 골라 1화를 보면서 요약 서술 부분을 확인해보자.

· Mission 2

앞서 수행한 두 개의 과제(3-4, 4-2)를 토대로 시놉시스를 작성한 후, 주인공의 내력 부분을 요약 서술법으로 적어보자.

드넓은 백지를 채울 수 있는 마법의 서술 원칙 (2)

앞에서는 시놉시스의 1·2·3번을 요약 서술법으로 적어보았다. 이번 글에서는 4번을 새로운 서술법으로 적어보겠다.

1화 시놉시스

4 아르콘 신의 선택을 받아 자신이 마법 면역의 신체를 타고났다는 사실을 알게 됨.

주인공이 기연을 얻는 시놉 4번은 굉장히 흥미롭다. 나는 이 장면을 요약 서술법이 아닌 장면 서술법으로 적었다. 장면 서술법은 마치 영화의 한 장면처럼 쓰는 기법으로 인물이 등장해 사건을 진행해나간다. 요약 서술에 비해 몰입이 잘되고 감정이입을 이끌어낼 수 있는 기법이라고 할 수 있다. 〈예문 1〉을 살펴보자.

〈예문 1〉

그러던 어느 날 그에게 기연이 찾아왔다.

창고 뒤에서 혼자 멍하니 시간을 보내고 있던 로데온에게 작은 목소리가 들려온 것이다.

[어서 이리로 오너라.]

신경 쓰지 않으면 듣지 못할 정도로 희미한 목소리.

하나 그 목소리는 거역할 수 없었다.

로데온은 자신도 모르게 자리에서 일어나서는 목소리가 들려오는 방향으로 다가갔다.

그곳엔 숨겨진 돌문이 있었고, 익숙한 문양이 그려져 있었다.

'아르콘의 문양….'

주신 아르콘을 상징하는 문양이었다.

로데온은 그 문양 위에 손을 올렸고, 그 순간 황금빛에 휩싸여 어디론가 사라졌다.

정신을 차려보니 그는 아르콘 신상 앞에 있었다.

로데온을 내려다보는 황금빛 신상. 그 신상은 로데온이 기억하던 모습과 조금 달랐다.

'이상하군. 분명 아르콘 신상에는 뿔이 두 개 달려 있었는데….'

눈앞의 신상에는 뿔이 없었다. 대신 그의 등 뒤에 찬란한 날개가 달려 있었다.

그때 다시 목소리가 들려왔다.

[나의 자손아. 네가 고생이 심하구나.]

고생이라는 말에 로데온은 울컥했다. 지금까지 겪은 수모를 떠올린 그는 퉁명스럽게 답했다.

"당신께서 보시기엔 아무 일도 아니겠지요. 어차피 인간은 죽으니까요."

하나 들려오는 답은 그가 예상치 못한 것이었다.

[넌 인간이 아니다. 그리고 난 지금까지 너를 걱정하고 있었다.]

로데온은 혼란스러웠다.

자신이 인간이 아니라니. 마력이라곤 조금도 없는 그는 다른 사람과 별 차이가 없었다.

같은 집안 마법사들과 비교하면 벌레만도 못한 존재다.

‘신도 나를 놀리는구나.’

로데온은 착잡한 표정으로 입을 열었다.

“놀리지 마십시오. 지금까지 제가 얼마나 힘들었는지 아십니까?”

[전부 알고 있다.]

“그럼 처음부터 제게 마력을 좀 주시지 그랬습니까? 그랬으면 지금쯤 가문의 장손으로 우뚝 설 수 있지 않았겠습니까?”

[난 이미 네게 가장 소중한 것을 주었다. 마왕의 사특한 힘에 저항할 수 있는 강인한 육체를 주었지.]

“그게 대체 무슨 말씀이에요? 저는 아무런 힘도 없습니다. 마력이 없어 벌레 취급을 당하고 있는데…. 제게 힘이 있다면 증거를 대보세요.”

로데온은 신상의 눈을 바라보았고, 곧 다시 목소리가 들려왔다.

[이곳에 네가 들어와 있는 것이 바로 그 증거다.]

로데온은 놀라 주변을 두리번거렸다.

먼지 쌓인 축축한 동굴. 과연 그곳엔 어떤 인적도 남아 있지 않았다.

이를 감지한 로데온이 다시 신상을 바라보자 목소리가 이어졌다.

[나의 소중한 자손아. 머지않아 기회가 올 것이다. 그때 내 말을 기억해라.]

목소리는 몇 가지 이야기를 로데온에게 해주었다.

아타락시아 대륙의 역사와 관련된 이야기였다. 이를 전부 들은 순간, 로데온은 눈을 떴다. 그곳은 자신의 방 안이었다.

⋮

여기까지가 4번 시놉과 관련된 내용이다. 분량은 1,300자 정도 된다. 앞에서 1·2·3번 시놉을 요약 서술로 정리한 글은 약 500자 분량이었다. 장면 서술법으로 정리한 4번 시놉에서는 꽤 많은 분량의 내용을 썼음에도 의외로 많은 내용이 들어가 있지 않다. 대신 요약 서술과 비교해 장면이 더욱 생생하게 전달된다. 그만큼 주인공에게 쉽게 몰입되고, 주인공의 생각과 감정을 실감 나게 느낄 수 있다. 즉 요약 서술은 하늘 위에서 내려다보는 듯한 느낌이라면, 장면 서술은 바로 앞에서 주인공을 보고 있는 듯한 느낌이다. 이렇게 장면 서술과 요약 서술은 확연하게 차이가 난다.

장면 서술법은 종류가 많다. 그중 가장 기본적인 구분은 시점에 따른 구분이다. 누구의 시점으로 쓸지에 따라 1인칭·3인칭·혼합 시점, 이렇게 세 가지로 구분된다.

1인칭 기법은 주어를 주인공 이름 대신 '나'로 바꿔 적은 것이라고 생각하면 쉽다. '정신을 차려보니 나는 아르콘 신상 앞에 있었다' 같은 식이다.

3인칭 기법은 주인공을 제3자로 두고 서술하는 기법이다. 서술자의 일체의 개입 없이 쓰는 관찰자적 기법과 신처럼 모든 것을 파악해서 쓰는 전지적 기법, 1인칭처럼 주인공에게 온전히 이입해서 쓰는 1인칭 같은 3인칭 기법, 세 가지가 있다.

관찰자적 기법을 사용하면 장면을 마치 위에서 아래를 내려다보듯이 쓰게 되므로, 장면이 평면적으로 묘사되기 때문에 웹소설 서술에 적합하지 못하다. 시놉 4번은 3인칭 중에서도 1인칭 같은 3인칭 기법으로 적은 것이다.

혼합 시점은 1인칭과 3인칭을 섞어서 쓰면 된다. 주인공이 나올 때는 주인공 시점에서 1인칭으로 쓰고, 제3자가 나오는 장면에서 3인칭으로 쓴다.

사실 요약 서술법과 장면 서술법, 이 두 가지 기법만 익혀도 웹소설을 전개하는 데 무리가 거의 없다. 짧은 지면으로 이야기를 속도감 있게 전개하려면 요약 서술법을, 중요한 내용을 영화처럼 생생하게 전달하려면 장면 서술법을 활용하면 된다. 하지만 더 다채로운 글 맛을 위해 여기에서 더 나아가보자. 앞에서 정리한 시놉시스 5번과 6번을 다시 떠올리며 〈예문 2〉를 확인해보자. 장면 서술법을 사용해 정리한 내용이다.

1화 시놉시스

5 하지만 그날 밤 막내동생 로키가 보낸 암살자가 찾아오고 그에게 목숨을 잃음.
6 그때 아르콘에게 받은 신물이 빛나면서 과거로 회귀.

〈예문 2〉

침대에 누웠지만 로데온은 잠을 이룰 수 없었다. 그날 있었던 일 때문이었다.

'정말 신이었을까?'

누군가에게 신을 만났다고 하면 분명 비웃음을 당할 것이다.
하지만 로데온은 그날 기묘한 동굴에서 대화한 상대가 신이 맞을 거라는 생각이 들었다.

'그렇지 않다면 이 세상의 역사를 그렇게 자세히 알 리가 없겠지.'
아르콘 신은 지금껏 세상이 역사를 잘못 기억하고 있다고 했다.
마왕을 물리친 다섯 명의 대마법사는 실상 마왕의 하수인이 되었고, 그렇기에 마력이 그토록 강해졌다는 것이다.
신은 이 세상을 구하기 위해 로데온을 보냈다고 했다. 고귀한 신물과 함께.

‘대체 신물이 어디 있다는 거야?’

그렇게 투덜거리고 있을 때 뭔가가 그의 눈에 들어왔다.
검은색 나무 구슬로 이루어진 목걸이.
그 끝에는 아르콘 신의 형상이 목각되어 있었다.
그 목걸이는 그의 나이만큼이나 오래된 물건이었다.
돌아가신 어머니가 남기셨다고 전해 들었으니 말이다.
로데온은 먼지가 뽀얗게 쌓인 그 목걸이를 집어 들었다.
그러고는 아르콘 신의 형상을 만지작거린 순간, 머리에 달려 있던 뿔이 부러지면서 희미한 빛이 나기 시작했다.

“뭐지 이건?”

어머니가 남긴 목걸이가 과연 아르콘 신의 신물이었던 것일까.
로데온은 더 자세히 살펴보고 싶었지만 그럴 수 없었다.
창가에서 검은 그림자가 그를 내려다보고 있었던 것이다.
소름 끼칠 듯한 진홍색 눈동자. 그 눈동자를 마주한 순간 등골이 오싹해져 왔다.
로데온은 자신도 모르게 뒷걸음질 쳤다.
그림자는 창문 틈으로 미끄러지듯 흘러 들어왔다.
검은 잉크처럼 일렁거리며 들어온 그림자는 이내 사람의 형상이 되어 로데온

앞에 섰다.
검은 복면을 쓴 그는 쉰 웃음을 흘렸다.

“케케케, 여기 있었군.”
“누, 누구냐?”
“여기서 죽을 놈이 그런 걸 알 필요가 있을까?”
“이놈이….”

말은 그렇게 했지만 로데온은 한 발자국도 움직일 수 없었다.
딱 봐도 상대는 잘 훈련된 살수였다. 로데온이 어떻게 할 수 있는 상대가 아니었다.
녀석은 한 손을 들어 무어라고 중얼거렸고, 곧 허공에 마력이 집중되었다.
이를 본 로데온은 죽음을 직감했다.
상대가 캐스팅하고 있는 마법은 암흑의 비수. 마력으로 비수를 만들어 발사하는 암살용 마법이었다.

‘안 돼.’

로데온은 뒷걸음질 쳤고, 상대는 바로 비수를 던졌다.
쐐애애애액—
날카로운 바람 소리와 함께 비수가 로데온에게 날아들었다.

로데온은 눈을 질끈 감았다.
하나 한참이 지나도록 예상한 일은 벌어지지 않았다.

'뭐지?'

호기심에 로데온은 눈을 떴고, 그의 미간을 향해 날아드는 두 번째 비수를 발견했다.
그리고 그 비수가 로데온의 이마에 닿은 순간, 밝은 빛과 함께 형체가 사라져버렸다.
로데온은 놀란 눈으로 허공에 흩날리는 빛가루를 바라보았다.

'설마 그 말이 사실이었단 말인가?'

낮에 신이 한 말이 떠올랐다.

[난 이미 네게 가장 소중한 것을 주었다. 마왕의 사특한 힘에 저항할 수 있는 강인한 육체를 주었지.]

'마력에 저항할 수 있는 강인한 육체.'

지금 일어나고 있는 모든 것이 그의 말을 뒷받침했다.

자객은 당황한 눈빛으로 마법을 연사했지만 소용없었다. 로데온의 몸에 닿는 즉시 환한 빛무리가 되어 사라져버렸으니.

‘어쩌면 이게 기회일지도 몰라.’

분명 신은 그에게 기회가 올 거라고 했다.

이제까지 유령처럼 살던 그에게 지금 이 순간처럼 분명한 기회는 없었다.

‘나에게 마법은 통하지 않아. 그렇다면….’

힘을 기른다면 어떨까. 아니면 검술을 배운다면 어떨까.

스르릉-

로데온이 이런 생각을 하는 것과 동시에 상대가 검을 뽑았다. 그러고는 바람처럼 다가와 로데온의 가슴을 찔렀다.

푸욱-

“쿨럭.”

입에서 피가 한 움큼 흘러나왔다. 로데온은 상대의 붉은 눈동자를 보며 물었다.

“대, 대체 누가 나를….”

녀석은 비웃음 섞인 목소리로 답했다.

“평소에 동생에게 잘해주지 그랬어.”

‘로키, 네놈이었구나.’
차기 가주 자리를 눈앞에 둔 동생 로키.
녀석은 야심이 있었다. 그랬기에 혹시라도 걸림돌이 될지 모르는 장남인 자신을 제거한 것이다.

풀썩.

상대가 검을 뽑자 가슴에서 피가 쏟아져 나와 방 안을 가득 채웠다.

“빌어먹을….”
로데온은 욕조차 할 수 없었다. 신이 주신 자신의 재능을 발견했지만 제대로 활용해보지도 못하고 당했다.

'한심한 인생이었어.'

푸념조차 제대로 하지 못한 채 로데온의 의식은 곧 끊기고 말았다.

얼마나 시간이 흘렀을까.

바닥에 떨어진 목각 목걸이가 빛나기 시작했다. 그 빛은 차갑게 식어가는 로데온의 몸을 감싸 안았다.

동시에 로데온은 목소리를 들을 수 있었다. 아르콘 신의 목소리였다.

⋮

의도한 장면을 전부 적어보았다. 약 2,100자 분량으로 동생 로키가 보낸 암살자를 상대하면서 주인공의 차별적인 능력을 확인하는 장면이다. 하지만 너무 늦었다. 암살자는 검으로 주인공을 죽였고, 주인공은 스스로를 한심하게 생각하면서 죽는다. 그때 신물이 빛나면서 회귀하기 시작한다.

바로 이 지점이 회귀하는 장면이다. 다만 극적인 연출을 위해 주인공이 잠시 희망을 갖는 장면을 썼다. 여기서 '곧 암살당할 예정인 주인공에게 희망을 주다니, 주인공이 더 비참해지는 거 아닌가?' 하는 의문이 생길 수 있다. 왜 이렇게 썼을까?

회귀물을 많이 읽어보면 알겠지만, 이런 연출법은 매우 보편적이다. 이렇게 쓰는 이유 중 하나는 '주인공의 실패한 인생'에서 이 부분이 그나마 가장 '빛나는 순간'이기 때문이다. 절망을 품고 살던 인생에서 가능성이 보인 순간 역시 사그라들겠지만 주인공은 회귀할 것이다. 그럼 독자는 어떻게 생각할까?

'회귀한 이후에는 저 가능성을 가지고 다시 살면 되겠네' 하는 기대감을 갖게 된다. 즉 독자에게 주인공에 대한 기대감을 심어주기 위해 많은 작가가 이런 식으로 연출하는 것이다.

다시 돌아가, 예문을 살펴보자. 예문에서 장면 서술법에 대해 첫 번째로 짚어볼 부분은 바로 '회상'하는 장면이다. 앞의 예문에서는 주인공이 낮에 있었던 일을 잠깐 회상하는 장면이 나온다. 나는 대사 한 줄로만 처리했다.

[난 이미 네게 가장 소중한 것을 주었다. 마왕의 사특한 힘에 저항할 수 있는 강인한 육체를 주었지.]

대사 한 줄만 넣었는데도 앞에서 언급한 상황 전체를 떠올릴 수 있을 것이다. 이렇듯 짧게 회상하는 장면은 과거에 했던 핵심 대사만 적는 것으로도 충분히 효과를 낼 수 있다. 그렇다면 과거 장면 전체를 쓰고 싶을 때는 어떻게 해야 할까?

이때는 장면을 분할해서 써야 한다. 현재가 아닌 과거의 일임을 구분해서 써야 하는 것이다. 간혹 과거 회상 신을 쓰다가 갑자기 현실 장면을 이어서 쓰는 경우가 있는데, 이렇게 하면 독자가 혼란스러워한다.

사실 회상 신 자체가 혼란스러운 장면이다. 현재의 이야기 흐름에서 벗어나 한참 전 과거를 이야기하기 때문이다. 잘못 쓰면 몰입에 문제가 생기고, 독자가 이탈할 수 있다. 따라서 되도록 쓰지 말고, 필요할 때만 짤막하게 쓰는 것이 좋다. 반드시 쓰고 싶다면 독자에게 '여기부터 회상 신이다'라고 명확하게 표시해줘야 한다. 회상 신 맨 앞과 맨 뒤에 장면 구분 마크 같은 것을 찍으면 바로 알아볼 수 있을 것이다. 그리고 본문을 쓸 때도 시작 부분에서 '이제부터 과거 이야기'라는 점을 짚어주고, 회상이 끝난 후 현실로 돌아왔을 때 '지금까지는 회상이었다'고 짚어준다면 독자의 혼란을 막을 수 있을 것이다. 회상 신을 쓰는 방법은 이 정도로 정리해두면 충분하다.

장면 서술법에 대해 두 번째로 짚어볼 부분은 '묘사'다. 〈예문 2〉의 다음 문장을 살펴보자.

[그림자는 창문 틈으로 미끄러지듯 흘러 들어왔다.
검은 잉크처럼 일렁거리며 들어온 그림자는 이내 사람의 형상이 되어 로데온 앞에 섰다.]

이 문장에서 주목할 부분은 '검은 잉크처럼'이라는 대목이다. 우리가 알고 있는 사물에 빗대어 눈앞의 상황을 표현했다. 이를 직유법이라고 한다. 직유법은 장면을 묘사할 때 가장 효과적인 방법이다. 짧은 핵심 단어만 가지고 매우 구체적으로 장면을 연상시키기 때문이다.

추공 작가의 《나 혼자만 레벨업》 첫 부분을 보면 거대 석상이 움직이는 장면이 나오는데, 여기서도 직유법을 썼다. 자유의 여신상에 빗대어 석상이 움직이는 모습을 무척 생생하게 표현했다. 덕분에 당시 던전에서의 상황, 공포감, 긴박감을 효과적으로 연출했다. 자유의 여신상 하나만으로 장면 연출에 성공한 셈이다.

그런 의미에서 은유보다는 직유법 사용을 권한다. 은유는 문장이나 표현이 멋있긴 하지만, 뜻이 잘 이어지지 않는 경우가 많아 장면을 모호하게 연출할 가능성이 높다. 어지간한 고수가 아니면 직유법을 잘 활용할 것을 추천한다.

지금까지 〈예문 2〉를 보면서 주인공이 과거를 회상하는 장면을 쓰는 방법과 장면을 묘사할 때 쓸 수 있는 가장 효율적인 방법, 직유법을 확인해보았다. 하지만 아직 1화를 완성하지는 못했다.

지금까지는 주인공의 내력을 설명하는 부분과 주인공이 실패를 맛보고 회귀를 막 시작하려는 단계까지 썼다. 그다음에는 무슨 내용이 나올까? 회귀하는 장면이 나올 것이다. 그리고 회귀한 주인공의 첫 에피소드가 이어질 것이다. 바로 이 첫 에피소드의 시작점까지가 1화에 쓸 부분이다. 이 부분을 다음 파트에서 계속 써보도록 하겠다.

· Mission

각자의 시놉시스에 적어둔 주인공의 회귀 장면을 장면 서술법으로 적어보자(회귀 코드가 아닐 경우, 시놉으로 준비해둔 장면을 장면 서술법으로 적어보자).

드넓은 백지를 채울 수 있는 마법의 서술 원칙 (3)

앞에서 시놉시스 4·5·6번을 쓰면서 장면 서술법에 대해 알아보았다. 그리고 회상을 쓰는 방법과 묘사할 때 효과적인 직유법에 대해서도 살펴보았다. 이번에는 앞에서 쓴 시놉시스를 완성하고, 이에 따라 1화를 완성해볼 예정이다. 이후엔 에피소드를 전개하는 원칙을 짚어보겠다.

먼저 시놉시스를 완성해보겠다.

1화 시놉시스

1 주인공 로데온은 마법 명가 그레고리 가문의 장손.

2 가문의 기대를 잔뜩 안고 태어났지만 마법력이 없어 아들 취급을 받지 못함.

③ 평생 없는 사람 취급받으며 살던 로데온은 어느 날 기연을 만남.
④ 아르콘 신의 선택을 받아 자신이 마법 면역의 신체를 타고났다는 사실을 알게됨.
⑤ 하지만 그날 밤 막내동생 로키가 보낸 암살자가 찾아오고 그에게 목숨을 잃음.
⑥ 그때 아르콘에게 받은 신물이 빛나면서 과거로 회귀.

앞에서 쓴 부분이 시놉 6번, 주인공이 죽고 회귀를 시작하는 장면이다. 그다음 이야기인 주인공이 회귀하는 장면과 회귀 후 첫 번째 에피소드가 시작되는 부분을 정해야 한다. 어떻게 정하면 될까?

가장 먼저 이 지점이 주인공이 활약하는 첫 번째 에피소드라는 데 주목해야 한다. 이와 동시에 독자가 무엇을 좋아하는지 정리한 것을 떠올려보자. 그렇다. 독자는 주인공의 강한 힘을 좋아한다. 또 독자는 주인공을 통해 대리만족을 느끼고 싶어 한다. 그래서 독자는 주인공이 문제를 해결하는 장면을 좋아한다.

여기까지 힌트가 다 나왔다. 첫 번째 에피소드에서는 주인공의 차별적인 능력을 활용해 문제를 해결하는 장면을 보여줘야 한다. 이때 주의할 점은 이야기의 볼륨이 너무 크면 안 된다는 점이다. 등장인물이 너무 많거나 긴 이야기를 쓰면 독자가 따라오기 힘들다. 아직 첫 부분이라는 점을 명심하자.

작품 속 세계에 대해 독자는 잘 알지 못한다. 따라서 등장인물이든 배경이든, 차근차근 하나씩 필요한 순서대로 넣어줘야 한다. 한꺼번에 쏟아부으면 절대로 안 된다. 즉 주인공이 차별적인 능력으로 문제를 해결하는 장면을 쓰되, 간단한 볼륨으로 써야 한다. 이런 원칙 아래 1화 마지막 부분 시놉시스를 작성해보았다.

1화 시놉시스

7 신과의 대화. 아르콘 신이 "네게 부족한 점을 나도 알게 되었다"라고 말함.
8 10세 생일 바로 직전으로 회귀.
9 자신의 힘을 확인한 로데온은 생일날 마력 측정식에 대비함.

이어서 예문을 보자. 7·8번 시놉을 토대로 써본 1화의 마지막 부분이다.

〈예문 1〉

*

[나의 자손아, 자책하지 마라.]

아르콘의 목소리에 로데온은 풀 죽은 목소리로 답했다.

"결국 아무것도 못해보고 죽었어요. 난 여기까지인가 봅니다. 분명 기회가 왔었는데…."

[넌 최선을 다했다. 너로서는 어쩔 수 없었다.]

포근한 온기가 그를 감싸 안았다.
무력감과 절망으로 무거웠던 마음이 한결 가벼워졌다. 하나 그의 표정은 여전히 무거웠다.
로데온은 주먹을 불끈 쥐고는 자신의 머리 위로 쏟아지는 환한 빛을 향해 물었다.

“난 이대로 죽는 겁니까?”

한 차례 빛이 흔들리더니 아르콘의 음성이 들려왔다.

[네게 기회를 한 번 더 줄 것이다. 그리고 이제 나도 네게 무엇이 부족한지 알게 되었다.]

순간 엄청난 양의 빛이 그의 머리 위로 쏟아져 내렸다. 폭포수처럼 쏟아진 그 빛은 로데온의 몸속으로 스며들었다.
온몸의 핏줄은 뜨겁게 달궈졌고, 그의 두 눈과 입에서 황금색 빛이 뿜어져 나왔다. 그 강렬한 에너지를 느끼며 로데온은 눈을 떴다.
*

"헉!"

로데온은 가쁜 숨을 내쉬며 자리에서 일어났다.

그의 온몸은 땀으로 흠뻑 젖어 있었다.

'이게 어찌 된 일이지?'

분명 그는 로키가 보낸 암살자에게 일격을 당해 죽어가고 있었다.

그런데 이렇게 멀쩡하게 회복되다니.

로데온은 자신의 손을 내려다보았고, 곧 이상한 점을 눈치챘다.

"이, 이건…."

그의 손이 작아져 있었다. 게다가 보드랍기까지 했다.

고개를 들어 옆에 달린 거울을 보니 그 이유를 알 수 있었다.

'어려졌잖아.'

그의 얼굴은 고뇌에 찬 30대의 얼굴이 아니었다.

뽀송뽀송한 10대 소년의 모습, 어릴 적 자신의 모습이었다.

거울을 멍하니 바라보던 로데온이 중얼거렸다.

“기회라는 게 설마 이거였나?”

아르콘과 나눈 대화가 어렴풋이 떠올랐다. 분명 그는 기회를 준다고 했고, 뜨거운 기운이 그를 감쌌다.

‘이게 만약 아르콘이 준 기회라면….’

로데온은 정신이 번쩍 들었다.
그는 고개를 들어 달력을 바라보았고, 오늘 날짜를 확인했다.

‘드래곤력 435년 8월 9일!’

그날은 열 번째 생일 전날이었다. 이제 내일이면 로데온은 가문의 수치로 낙인찍힐 터였다.

⋮

7번 장면은 이외의 장면들과는 상황이 다르기 때문에 부호(*)로 완전히 구분해주었다. 이전 장면에서 주인공이 죽어가던 장소가 주인공의 방이었다는 사실을 떠올려보자. 신과 대화하는 장소는 천국이나 이에 준하는 무의식의 세계 정도일 것이다. 이렇게 무대가 바뀔 때는 장면을 구분해주는 것이 좋다(시간적으로 분리되었을 때도 장면 구분 표시를 넣어주자).

또 시놉시스의 7번에서 8번으로 넘어갈 때도 무대와 시간이 전부 바뀌므로 장면을 구분해주면 읽기 편하다. 이런 장면 구분은 독자의 편의를 위한 것이다.

이제 내용을 살펴보자. 주인공은 신과 대화를 한다. 신은 스스로를 한심하게 여기는 주인공을 위로하고, 기회를 주겠다고 말한다. 그리고 주인공에게 부족한 점이 무엇인지 알게 되었다고도 말한다.

이는 차별적인 능력을 준다는 암시다. 눈치 빠른 독자는 신이 주인공에게 또 다른 무언가를 주리라는 사실을 알아챌 것이다. 구체적으로 쓰지 않아도 괜찮다. 독자는 이미 알고 있으니까.

이후 깨어난 주인공은 자신이 회귀했다는 사실을 알게 된다. 달력을 보니 바로 내일이 열 번째 생일이고, 전생에서는 바로 그날, 주인공이 무능력자로 낙인찍히는 사건이 발생할 것을 알려주면서 끝난다.

맨 마지막 문장을 읽고 나니 어떤 느낌이 드는가? 뒤가 궁금한가? 그렇다. 1화 마지막 부분은 첫 에피소드의 시작 부분을 적어야 하지만, 그보다 훨씬 중요한 것은 다음 편이 궁금해지게 만들어야 한다는 점이다. 다음 편이 궁금하지 않으면 1화로서 생명은 끝났다고 볼 수 있다.

지금 한 이야기의 배치를 전체적으로 잘 살펴봐야 한다. 나는 1화 마지막 부분을 연출하기 위해 세 가지 장치를 활용했다.

첫 번째, 내력 부분에서 주인공이 낙인찍히도록 한 사건에 대해 정보를 흘렸다.

두 번째, 신이 주인공에게 마법 면역의 육체 이외에 또 다른 능력을 줄 것을 암시했다.

세 번째, 1화 마지막 부분을 주인공이 낙인찍힌 날 전날로 회귀하도록 설정했다.

이 세 가지 장치로 독자는 다음 에피소드, 즉 2화에 대한 기대감을 갖게 된다. 바로 '회귀한 주인공이 새롭게 얻은 능력으로 위기를 어떻게 극복할지'에 대한 기대감이다. 이는 독자가 원하는 방향과 일치한다. 베스트 작품 대부분은 초반부가 이와 같은 형태를 취한다. 지금까지 수행한 미션을 통해 이미 확인했을 것이다.

1화는 이렇게 마무리했다. 그럼 2화는 어떻게 쓸까? 비교적 쉽다. 1화 말미에 이미 떡밥을 던졌다. 떡밥에 따라 전생에서 무능력자라는 낙인이 찍힌 열 번째 생일에 일어날 사건을 쓰면 된다. 주인공이 새롭게 얻은 힘을 가지고 상황을 극복하는 이야기를 쓰면 되는 것이다. 벌써 이렇게 2화의 뼈대가 나온 셈이다. 이를 토대로 2화의 개요를 적어보면 다음과 같다.

먼저 주인공이 신에게 받은 새로운 능력을 깨닫는다. 내가 정한 새로운 능력은 물리력, 즉 강한 힘이다. 이걸 어떻게 보여줄까?

간단하다. 주인공의 힘이 작용하는 장면을 보여주면 된다. 무심코

벽을 짚었는데 벽에 손자국이 생긴다든가, 무거운 물건을 깃털처럼 가볍게 들어 올리는 식으로 하면 된다. 여러분의 내면이 가리키는 방향대로 쓰면 충분하다.

그렇게 주인공이 자신의 능력을 깨달으면 다음엔 뭘 써야 할까? 생일을 기대하는 장면을 쓰면 좋을 것이다. 그 힘으로 그날 다가올 위기를 돌파하는 작전을 짜는 장면도 나쁘지 않다. 작전은 너무 자세히 쓸 필요는 없고 '이런 작전이 있다'는 식으로만 써도 기대감이 생긴다. 이어지는 3화에서는 생일에 멋지게 자신의 힘을 보여주고 아버지에게 인정받는 장면을 그린다면 아주 좋을 것이다. 이렇게 해서 3화에서 첫 에피소드가 마무리된다.

흥미진진하지 않은가? 하지만 여기서 멈춰선 안 된다. 에피소드 하나를 끝내는 것으로 모든 일이 마무리되는 것이 아니기 때문이다. 이런 에피소드를 계속 이어나가야 한다. 그러기 위해선 에피소드를 만드는 '원칙'이 필요하다. 첫 에피소드 이후엔 어떤 원칙을 가지고 에피소드를 이어가야 할까? 이 원칙을 세우기 위해서는 먼저 에피소드의 목적을 새겨볼 필요가 있다.

에피소드의 목적은 뭘까? 그렇다. 독자를 만족시키는 것이다. 좀 더 구체적으로 말하면 독자가 원하는 감정을 느끼게 해주는 것이다. 그렇다면 독자는 어떤 감정을 느끼길 원할까? 긍정적인 감정이다. 에피소드를 통해 독자가 통쾌함, 후련함, 유쾌함, 충만함, 기쁨 등의 감정을 느끼게 하기 위해서는 크게 두 가지에 집중해야 한다.

첫 번째는 주인공이다. 주인공은 독자가 원하는 방향으로 움직여야 한다. 독자는 주인공을 보고 만족하기 때문이다. 그래서 주인공의 감정에 대해 쓸 때 신중할 필요가 있다. 주인공이 심하게 슬퍼하거나 부정적인 감정을 느끼면, 그 감정이 독자에게 그대로 전달되기 때문이다. 이런 이유로 주인공은 충격과 당혹, 공포 등 부정적인 감정을 가져선 안 된다.

두 번째는 목표를 달성해야 한다. 주인공이 노린 목표를 달성하지 못하면 일단 찜찜한 느낌이 남는다. 영화에서는 큰 그림을 그리면서 이런 장면이 등장하기도 하지만, 웹소설에선 안 된다. 다음 편을 볼 동기를 잃게 만들기 때문이다.

또 나중에 할 거라면서 목표 달성을 뒤로 미루는 것도 그리 좋지 않은 방법이다. 독자는 눈앞의 보상을 원한다. 눈앞에서 바로 취할 수 있는 보상을 나중으로 미루는 장면에서도 발암을 느낄 수 있다.

그리고 외부의 힘으로 목표를 달성하는 것보다는 주인공 스스로 달성하는 것을 선호한다. 그래서 십중팔구는 주인공이 그 능력으로 목표를 달성하는 방향으로 에피소드를 만든다.

위 사항을 종합하면 작가가 하는 역할은 이렇다. 주인공이 달성할 목표를 계속해서 만들어주는 것. 이는 작품의 최종 목표에 이를 때까지 이어진다. 작품의 목표 혹은 주인공의 동기가 마왕을 물리치는 것이라면 작가는 마왕을 물리칠 때까지 주인공이 달성해야 할 목표를 만들어야 한다.

그래서 지금까지 내가 써본 예문을 보면 3화에서 생일 에피소드를 완료한다. 그 뒤 에피소드를 정할 때는 주인공인 로데온이 달성할 목표를 정해주면 생각하기가 아주 편해진다. '생일에 아버지에게 선택받은 이후 주인공은 어떤 목표를 가져야 할까?'라는 질문을 통해 생각해보는 것이다.

나는 이 질문에 대해 이런 장면을 떠올려보았다. '전생에 그를 괴롭히던 사촌 형제들이 그에게 굽신거리기 시작한다. 그래서 주인공은 전생과는 반대로 그들을 협박한다. 집에 보관하는 마력석을 가져오라고 을러댄 것이다. 결국 기세에 눌린 사촌들은 주인공에게 마력석을 가져다주고, 이를 받은 주인공은 마력석을 흡수하면서 더욱 강한 힘을 얻는다.'

괜찮은 에피소드 하나가 탄생했다. 그저 '주인공이 더욱 강해진다'는 목표를 두고 생각했을 뿐인데, 좋은 결과물이 나왔다. 이런 식으로 목표를 잡고 구체적으로 생각하면 에피소드를 설계하기가 쉬워진다.

'어떻게 에피소드를 만들어야 하는지' 고민이 풀렸는가? 아직 풀리지 않았다면 베스트 작품을 다시 읽어보면서 지금까지 짚은 부분을 직접 찾아보길 권한다. '이 작품에서 에피소드를 전개하는 원칙은 어떤 것일까?', '이번 에피소드에서 주인공의 목표는 무엇일까?', '그 목표는 어떤 방식으로 달성되었는가?' 하는 질문을 가지고 작품을 면밀히 살펴보면 원하는 답을 얻을 수 있을 것이다.

지금까지 1화를 작성해보면서 필요한 서술 원칙과 에피소드를 설계하는 기본 원칙에 대해 알아보았다. 이 원칙들을 참고해 1화를 직접 써보길 권한다.

· Mission

주인공이 회귀한 후 첫 에피소드가 시작되는 부분까지 서술해, 1화를 직접 완성해보자.

독자가 "다음 편!"을 외치게 하는 연출법

매혹적인 3대 연출법

5장에서는 1화를 직접 써보면서 필요한 서술 원칙을 살펴보았다. 동시에 앞으로 에피소드를 어떻게 만들어나가야 하는지, 에피소드를 설계하는 원칙에 대해서도 알아보았다. 그 실마리는 독자의 기본 성향에 있었다. 독자는 결국 주인공을 통해 대리만족을 하고 싶어 하므로, 주인공이 목표를 달성하는 것을 보면서 긍정적 감정을 비롯해 자신이 원하는 감정을 만끽하고 싶어 한다. 그러므로 주인공이 달성해야 할 목표를 정하면 비교적 수월하게 에피소드를 만들어나갈 수 있다고 이야기했다.

6장에서는 연출법에 대해 이야기해보려 한다. 시작하기 전 다음 질문에 답해보자.

"한 화를 쓸 때 가장 중요한 장면은 어느 부분일까?"

모두 알다시피 마지막 장면이다. 마지막 장면이 다음 편과 이어지는 가장 밀접한 부분이기 때문이다. 마지막 장면이 다음 편을 볼지 안 볼지 결정하게 만든다고 해도 과언이 아니다. 다음 편을 볼 수 있도록 마지막 장면을 연출하는 것은 대단히 중요하다.

연재 경험이 있다면 알 것이다. 연재를 처음 시작하면 가장 먼저 1화 조회 수를 신경 쓴다. 독자가 얼마나 들어오는지 보는 것이다. 그다음에 신경 쓰는 것이 연독률이다. 1화를 본 사람이 2화, 3화를 계속해서 읽어나가야 하는데, 그렇게 만드는 게 쉽지 않다. 대부분은 중간에 떨어져나간다. 그래서 1화 조회 수가 300인데 10화에서 20, 30 정도만 남는 경우가 허다하다.

아마 이 글을 읽는 독자 중에서도 그런 경험이 있을 것이다. 나 역시 경험한 바다. 본인이 쓴 작품이 이런 성적을 받았을 때는 참 곤란하다. 1화 조회 수가 천 단위나 만 단위라면 위로라도 될 텐데, 백 단위 조회 수로 시작해 십 단위, 일 단위 조회만 남으면 정말로 처참한 기분이 든다. 이런 경험을 직접 해보면 마지막 부분의 연출법을 깊이 고민할 수밖에 없다. 대체 어떻게 해야 독자가 다음 편을 읽게 할 수 있을까? 이번 장은 이 고민을 가슴에 품고 시작하겠다.

다음 편을 읽게 만들려면?

그렇다면 과연 독자는 어떤 조건에서 다음 편을 읽을까? 내가 발견한 가장 중요한 조건은 주인공의 매력이다. 주인공이 매력적이면 거의 모든 문제가 해결된다. 별다른 연출법이 없어도 주인공이 독자의 마음을 사로잡으면 그냥 다음 편을 보기 때문이다. '너 마음에 들었어. 그러니까 끝까지 본다.' 이렇게 되는 것이다. 연독률을 결정하는 70%는 작품 속 주인공이라고 보면 된다.

두 번째는 뭘까? 호기심이다. 독자는 다음 편이 궁금하면 본다. 이야기의 허리를 끊는 식으로 궁금증과 호기심을 자극하는 것이다. 사람의 호기심은 막을 수 없다. 이렇게 호기심을 자극해 다음 편을 보게 하는 기술을 절단신공이라고 한다. 초반부, 특히 주인공의 매력을 어필하기 전에는 이런 호기심을 유발해 각 화를 이끌어가야 한다. 멱살을 잡고 강하게 끌어당기는 '멱살 캐리'하는 기법이라고 보면 된다.

세 번째는 기대감을 연출하는 것이다. 예를 들면 이런 것이다. 프롤로그에서 주인공이 레벨업하는 장면을 짤막하게 보여준다. 이어지는 1화에서는 이 세상엔 레벨업이란 개념이 없고, 주인공의 레벨은 매우 낮다는 세계관을 드러낸다.

이렇게 쓰면 독자는 어떻게 생각할까? '주인공만 레벨업을 하겠네?' 하고 생각할 것이다. 하지만 다음 편을 봐도 레벨업하는 장면은 나오지 않는다. 그래도 독자는 '이제 곧 주인공이 레벨업하는 장면이 나올 거야' 하는 기대감을 가지게 될 것이다.

바로 이 기대감 때문에 독자는 레벨업하는 장면이 나올 때까지 작품을 읽어나갈 것이다. 그때부터 이야기가 재미있어질 것이라 기대하기 때문이다. 추공 작가의 《나 혼자만 레벨업》은 이런 기법으로 10화까지 독자를 이끌어나간다.

이렇게 연출법은 크게 세 가지로 정리해볼 수 있다. 이 챕터에서는 세 가지 연출법 중 가장 중요한 주인공의 매력을 어필하는 방법을 살펴보겠다.

주인공의 매력은 어떻게 연출해야 할까?

주인공의 매력을 연출하는 데 대해서는 사실 많은 이야기를 했다. 3장부터 5장에 이르기까지 주인공에 대한 이야기가 대부분이었다. 이렇게 주인공에 대해 많은 이야기를 할 수밖에 없는 이유는 독자가 주목하는 것이 바로 주인공이기 때문이다. 주인공을 통한 대리만족의 구조를 간단히 살펴보자.

간단히 말하면 독자와 주인공은 대리 관계로 이어져 있고, 대리인인 주인공이 사건을 겪으면서 가지는 감정과 생각을 독자가 직접 느끼게

된다. 독자와 주인공 간에는 이런 밀접한 관계가 형성되어 있기 때문에 주인공을 설정할 때는 분명한 방향성과 원칙을 세워야 한다. 지금까지 베스트 작품을 통해 독자가 좋아하는 주인공의 공통점과 주인공을 설계하는 데 필요한 원칙을 정리했다.

주인공의 강력한 동기, 세계 적합성, 차별적인 능력. 기억하는가? 이런 대리만족의 3요소뿐만 아니라 주인공의 기본 성향도 정리했다. 그리고 주인공의 성격도 미션을 통해 정해보았다. 이들을 다시 한번 살펴보자.

동기 - 이번 생에서는 성공한 삶을 살고 싶다.

세계 적합성 - 전생의 기억을 지니고 있다. 마법의 대륙에서 마법이 통하지 않는, 마법 면역의 육체를 타고났다.

차별적인 능력 - 마법에 면역이 있는 육체와 강한 물리력. 이에 따라 마법사를 골라서 물리치는 과정을 그릴 예정.

내력 - 마법력이 신분과 부의 척도가 되는 마법의 대륙에서 마법력 없는 주인공이 비참하게 살다 죽음을 당하고 회귀한다. 과거로 돌아온 주인공은 자신이 마법 면역체가 된 것을 확인한다.

성격 - 온정이 많지만 겉으로 잘 드러나지 않는 성격.

5장 2파트에서 정리한 내용이다. 이 중 동기, 세계 적합성, 차별적인 능력, 내력은 내가 1화를 쓸 때 전부 반영되었다. 다만 '온정이 많지만 겉으로 잘 드러나지 않는 성격'은 어떤가? 본문을 다시 한번 확인해보면 아직 드러나지 않았음을 알 수 있다.

사실 주인공의 핵심적인 매력은 강한 힘이다. 힘을 보여주는 건 어렵지 않다. 힘을 쓰는 장면을 보여주면 된다. 그러면 힘 이외의 매력, 주인공만의 특징이나 성격은 어떻게 보여줘야 할까?

한번 생각해보자. 5장에서 나는 분명히 주인공 로데온의 성격을 온정이 많지만 겉으로는 잘 드러나지 않는다고 결정했다. 이를 그대로 써보면 그것으로 주인공의 특성을 부각할 수 있을까? '로데온은 온정이 많지만 겉으로는 잘 드러나지 않는 성격이다.' 이렇게만 쓰면 독자가 '아, 괜찮은 녀석이구나' 하고 생각할까?

물론 이렇게 평범하게 쓰는 것도 나쁘지 않다. 하지만 너무 평면적이다. 성격에 대해 한 줄 쓰고 만 것이니까. 주인공이 진짜 온정이 많은지 보여주려면 '사건'이 필요하다. 진짜로 온정을 베푸는 장면과 내색하지 않으려는 심리, 이로 인해 다른 사람들이 주인공에 대해 잘 모르거나 반대로 무자비하다고 오해하는 장면 등을 함께 보여주면 된다.

한데 이렇게만 생각하면 어려울 수 있다. 온정을 베푸는 사건을 만들어야 하기 때문이다. 이런 사건을 만들려고 노력하면 대개 무리한 전개가 이어진다. 간혹 사건을 만드는 데 성공했어도 1회용일 뿐이다. 캐릭터의 성격은 지속적으로 드러나야 한다. 성격이란 일정한 상황에서 일정하게 행동하는 '패턴'이다. 그렇다면 어떻게 써야 할까?

정답을 밝히자면 주인공에게 선택권이 있는 장면마다 성격을 함께 그리면 된다. 에피소드 곳곳에 주인공이 결정할 수 있는 장면을 연출하고, 결정하는 과정을 쓸 때 '온정을 베풀지만 잘 드러나지 않는' 성격을 떠올리면 되는 것이다. 예를 들어보겠다.

로데온이 강해진 힘을 시험해보기 위해서 뭘 할지 고민한다. 이때 전생의 한 장면이 떠오른다. 마을에 나무가 한 그루 있는데, 일주일 후에 벼락을 맞아 쓰러지면서 인근 집들이 불타는 사건이었다. 당시 그 집 중 하나는 로데온이 호감을 갖고 있던 소녀의 집이었다. 이를 떠올린 로데온은 자신의 힘으로 그 나무를 뽑아버린다.
그러자 사람들이 로데온을 보며 두려워한다. "어떻게 오랫동안 이 마을을 수호하던 신성한 나무를 뽑아버릴 수 있어? 이런 무자비한 녀석!" 하는 식으로 오해하는 것이다.

이와 같은 방식으로 주인공의 '선택'을 통해 그의 성격인 '온정을 베풀지만 잘 드러나지 않는' 특성을 표현할 수 있다. 여기서 주인공이 오해를 받는 상황은 어떻게든 풀어야 하는 숙제로 남긴 하지만, 지금 이 장면에서는 우선 목적을 달성했다. 주인공의 성격을 에피소드에 녹여서 보여주는 데 성공한 것이다.

이처럼 주인공이 선택하는 장면은 매우 중요하다. 어떤 선택을 하느냐에 따라 고유의 성격이 드러나고, 그 성격에 따라 글맛 또한 달라진다. 이런 선택을 하나하나 쌓아 주인공 캐릭터를 천천히 만들어간다고 보면 된다.

한 번에 전부 보여주려고 너무 노력할 필요는 없다. 첫인상에서 가장 큰 특징 하나 정도만 신경 쓰고, 그 이후부터는 앞으로 펼쳐질 에피소드에 맡기면 된다. 4장 2파트에서 정리한 주인공의 공통적 성향에서 멀리 벗어나지만 않으면 어떤 선택이든 할 수 있다.

이렇게 선택이 쌓이면 쌓일수록 입체적인 캐릭터를 만들 수 있다. 성향이 같은 선택이 반복되면 강한 캐릭터가 되고, 점진적으로 선택의 성향이 바뀌면 변화하는 캐릭터가 된다. 보통 남성향에서는 같은 성향으로 밀어붙이지만 주인공을 어떻게 묘사하느냐는 결국 작가 본인의 선택이다. 주인공의 성격과 특성을 연출하는 것은 이 정도에서 마무리하겠다.

주인공의 강한 힘을 연출하는 방법

이번에는 주인공의 주된 매력인 강한 힘을 연출하는 방법을 살펴보자. 독자가 주인공의 강력한 힘에 이끌린다는 점은 3장 첫 부분부터 지속적으로 언급했다. 여기서 힘은 물리력에 한정되지 않는다는 것도 이미 짚었다. 경쟁에서 이길 수 있는 기술이나 능력이면 무엇이든 가능하다. 이런 힘은 크게 세 가지 방식으로 연출 가능하다.

첫 번째는 비교를 이용한 연출이다. 그냥 '주인공이 강하다'라고 쓰는 것보다는 '태산문파의 서열 2위보다 강해' 하는 식으로 비교 대상을 두는 것이다. 이렇게 비교 대상이 있으면 주인공이 성장하는 과정을 그리기가 수월하다. 예를 들면 첫 에피소드엔 서열 100위를 꺾고, 그다음 에피소드엔 서열 90위를 꺾는 식이다. 보통 《원피스》 같은 일본의 소년 만화가 이런 기법을 사용한다. 웹소설에서도 많이 쓰이는 기법이다.

조선생님 작가의 《역대급 창기사의 회귀》라는 작품을 보면 주변 인물의 실력 순위를 서술하는 데 대부분을 할애하는 것을 확인할 수 있다. 이를 잘 활용해 주인공이 성장하는 과정을 아주 흥미진진하게 그렸는데, 이 작품도 카카오페이지에서 1위를 달성했다.

로맨스나 로판에서도 여자 주인공이나 남자 주인공을 연출할 때 비교법을 많이 쓴다. '탤런트 박보검이나 김수현 뺨치는 외모' 등으로 비교군이나 대조군을 잘 활용하면 주인공의 매력을 쉽고 효과적으로 부각할 수 있다.

두 번째는 주인공의 능력을 드러내는 에피소드를 만드는 것이다. 앞서 성격 연출 부분에서도 한번 언급했는데, 아직 주인공의 매력을 어필하지 못한 초반부에 이런 에피소드가 주로 등장한다.

주인공의 물리력에 대한 이야기는 이미 했으니, 다른 능력을 예로 들어보겠다. 재력, 금권을 한번 보자. 재력을 부각하는 에피소드 중에는 이런 것이 있다. 《백작가의 망나니가 되었다》에 나오는 장면인데, 초반에 주인공의 재력을 확실하게 각인시키는 에피소드가 나온다. 주인공은 식사를 마치고 백작인 아버지에게 가서 이렇게 말한다.

"아버지, 돈을 주십시오."

아버지는 이렇게 답했다.

"그래, 주마."

그러자 주인공은 한 번 더 강조한다.

"많이 주십시오."

그러자 아버지는 "그래, 많이 주마" 하면서 1,000만 원에 상당하는 금액을 하루 용돈으로 준다.

아주 매력적인 에피소드라고 할 수 있다. 돈 많은 집에서 아무 대가 없이 그저 부탁만으로 하루 1,000만 원을 용돈으로 받는 이야기는 너무나 매력적인 이야기다. 이 장면은 2화에 나온다. 독자는 2화에서 이 장면을 보고 이 작품을 계속 읽어야겠다고 자신도 모르게 다짐했을 것이다. 이처럼 능력을 부각하는 에피소드를 설계해 초반에 배치하는 것은 매우 중요하다.

세 번째는 제3자를 활용하는 것이다. 지금까지는 주인공이 능력을 발휘하는 것을 독자가 보고 직접 즐기게끔 연출했다. 독자가 주인공에게 이입해 마치 자신이 그 힘을 발휘하는 듯 느끼게 만든 것이다. 하지만 '제3자에 의한 연출법'은 만족시키는 방향이 다르다. 주변인들이 주인공을 바라보는 시선을 통해 만족감을 주는 것이다.

쉽게 말하면 이렇다. 주인공 스스로가 "나 강해" 하고 말하면 솔직히 그리 멋있지 않다. 하지만 제3자가 "주인공 저 사람은 정말 강해"라고 말하면 좀 더 멋져 보이고, 더 큰 만족감을 느낄 수 있다. 그중에서도 가장 멋있는 연출은 제3자가 적인 경우다. 일반 고수는 상대할 수 없는 막강한 적, 그중에서도 끝판왕이 주인공을 추켜세우면 매우 큰 만족감을 연출할 수 있다. 스타워즈 게임 시리즈 중 '구공화국의 기사단'이란 게임이 있다. 여기서 주인공 앞에 선 끝판왕이 이렇게 말한다.

"맨 처음 너를 음모에 빠뜨렸을 때만 해도 이 우주의 주인공이 나인 줄 알았어. 그런데 이제 보니까 아닌 것 같아. 이 우주의 주인공은 너인 것 같아."

굉장한 느낌이 오지 않는가? 이렇게 제3자가 주인공을 추앙하거나 높이 평가하는 장면을 넣으면 큰 만족감을 줄 수 있다.

로맨스나 로판에서도 자주 볼 수 있는 연출법이다. 여자 주인공은 별 생각 없이 한 일을 주변에서 높이 평가한다거나, 여자 주인공 스스로는 상사인 남자 주인공에게 야단맞는다고 생각하는데, 주변에서는 '둘이 알콩달콩하네?', '썸 타고 있네?' 하는 식의 생각을 보여주는 연출을 한다. 이 연출법을 잘 활용하면 독자에게 주인공의 매력을 보다 강하게 어필할 수 있다.

이번 파트에서는 많은 것을 살펴봤다. 가장 먼저 주인공의 성격이나 특성을 연출하는 방법에 대해 알아보았다. 선택권을 줄 때마다 성격을 고려하면 주인공을 입체적으로 그릴 수 있다.

그리고 주인공의 강력한 힘, 매력을 연출하는 기법을 세 가지로 정리해보았다. 첫 번째는 비교법을 활용한 것이고, 두 번째는 주인공의 능력이나 힘을 부각하는 에피소드를 설계하는 것, 세 번째는 제3자를 활용해 주인공을 칭찬하는 기법이다. 이 기법들은 베스트 작품을 통해 다시 한번 직접 확인해보길 권한다.

· Mission

베스트 작품 셋을 골라 5화까지 보면서, 이번 파트에서 언급한 세 가지 연출법을 확인해보자.

다음 편을 무조건 궁금하게 만드는 절단신공이란?

독자가 웹소설의 다음 편을 읽게 만들기 위해서는 '주인공의 매력, 호기심 유발, 기대감 형성'이라는 세 가지 조건이 중요하다고 이야기했다. 이에 따라 주인공의 매력을 어필하는 연출법을 살펴봤다. 이번 파트에서는 호기심을 활용한 연출법과 기대감을 활용한 연출법 두 가지를 살펴보도록 하겠다.

독자의 호기심을 불러일으키는 연출법

호기심을 활용한 연출법은 흔히 절단신공이라 불리는 방법이다. 절단신공이란 이야기의 허리를 잘라 뒷부분을 궁금하게 만드는 연출법이다. 예를 들면 '주인공이 막 힘을 얻었는데 적이 나타난 순간 끝나버린다' 같은 식이다.

아마 이런 방식을 많이 경험했을 것이다. 드라마에서도 자주 쓰이고, 만화책 맨 뒷부분도 항상 이런 식으로 끝난다. 웹소설도 마찬가지다. 뒷부분이 막 궁금해지려는 순간에 끝나버린다. 이 기법을 구조적으로 살펴보자.

작가는 하나의 에피소드를 쓸 때 보통 기, 승, 전, 결 4단계 구조로 쓴다. 이 구조에서 다음 편을 궁금하게끔 끊으려면 어떻게 해야 할까? 결말이 아닌 다른 위치에서 끊으면 된다. 왜 그럴까? 결말을 보면 더 읽을 이유가 없어지기 때문이다. 특히 작품 초반부에 이 연출법을 많이 활용하는데, 초반부에는 아직 독자가 주인공에게 크게 매력을 느끼지 못하기 때문이다. 익숙하지도 않고, 정보도 많지 않으니 매력을 못 느낄 수밖에 없다.

이런 독자에게 다음 편을 읽도록 하기 위해서는 강력한 호기심을 유발해야 한다. 초반에 주인공에게 매력을 느끼지 못한 독자가 다음 편에 대한 궁금증마저 없으면 작품 읽기를 바로 그만둔다. 그래서 작품 초반부에는 에피소드의 결말을 보여주지 않고 도중에 끊는 편수가 많다. 만약 여기서 결말을 보여주면 어떻게 될까? 에피소드 결말을 보고 다음 편을 보지 않을 확률이 높아진다. 직접 연재해보면 바로 체감할 수 있을 것이다.

이처럼 절단신공은 초반부에 연독률을 방어하기 위해 많은 작가가 활용하는 연출 기법이다. 구체적인 활용법은 아래 표를 보면서 설명하겠다.

앞에서 한번 살펴본 회귀 코드 작품을 기승전결로 나눠본 것이다. 회귀 코드를 쓴 작품의 1화는 대체로 다음과 같은 구성을 보여준다.

회귀 코드 - 절단신공의 구조

	1화	2화	3화
기	주인공의 과거사	상황 파악	
승	실패한 삶	위기 등장	
전	희망을 가진 순간	능력 발현 순간	
결	죽음		해결
기	회귀		새로운 에피소드

첫 번째로 주인공의 내력, 즉 주인공의 과거사가 나온다. 간단한 세계관과 주인공에 대한 정보를 소개하는 부분이 '기'다.

두 번째로 주인공이 실패한 삶을 사는 부분이 '승'이다.

세 번째로 희망을 가지는 순간이 '전'에 해당하고,

네 번째로 죽는 장면이 '결'에 해당한다.

하지만 회귀 코드에선 죽는 것으로 끝나지 않는다. 죽고 회귀를 암시하든가, 아니면 회귀한 첫 장면을 보여주고 끝낸다. 최근에는 제목으로 회귀물이라는 것을 알려주기 때문에 죽는 장면에서 끝내기도 한다. 하지만 이는 독자가 모두 알기 때문에 가능한 기법이다. 대체로 1화 말미에 회귀를 시작하는 부분을 쓰면서 끝낸다. 이 부분이 다섯 번째 '기'에 해당하는 부분이다.

1화는 이렇게 '기, 승, 전, 결, 기'로 이어지는 구조를 띤다. 그럼 2화는 어떨까?

2화의 시작은 회귀 후 상황을 파악하는 장면으로, 전편과 이어진다. (기)

그다음은 위기가 닥치는데, 괴롭히는 자가 나타나거나 전생의 역경 중 하나가 등장한다. (승)

이때 주인공은 자신의 능력을 깨닫고 이를 발현하는 순간(전), 2화가 끝난다.

문제는 3화에서 해결된다. 그 후 3화는 새로운 에피소드의 시작(기)이나 전개(승) 부분에서 끝난다.

패턴은 명확하다. 미션을 충실하게 수행해왔다면 그동안 읽은 작품을 화별로 정리해두었을 것이다. 다섯 줄에서 열 줄 사이로 한 화를 정리해두면 누락된 내용은 거의 없다. 이렇게 초반 5화에서 10화까지만 정리해두면 각 화가 어떻게 끊기는지 한눈에 확인할 수 있다. 결론적으로 거의 모든 작품의 초반부가 '결' 부분은 피해서 끊는다는 사실을 발견할 수 있다. 다시 말하지만 작품을 시작하는 극초반부에는 아직 독자가 주인공에게 매력을 느끼지 못한다. 그 때문에 절단신공을 써서 멱살 캐리를 해야 하는 것이다. 절단신공의 비기 전수는 여기까지 정리하겠다.

독자에게 기대감을 심어주는 연출법

기대감을 주는 연출법은 절단신공과는 다르다. 절단신공은 에피소드 하나의 구조를 활용해 그 중간을 끊는 것이지만, 기대감 연출은 이런 에피소드의 구조를 넘어서는 개념이다. 5장에서 예로 든 《나 혼자만 레벨업》의 프롤로그를 다시 한번 떠올려보자. 작품의 프롤로그에서는 주인공이 레벨업하는 장면이 나오지만, 1화에선 레벨업이 없는 세계관을 말한다. 이런 연출로 독자는 주인공이 레벨업하는 장면이 나올 때까지 볼 수밖에 없다.

감이 오는가? 다른 작품을 예로 들어보자. 좀 오래된 작품인데, 다원 작가의 《레전드 오브 레전드》라는 작품도 기대감을 이용한 연출을 잘 활용했다. 연재 당시 문피아에서 한동안 1위를 기록한 작품인데, 그 유명한 '리그 오브 레전드'라는 게임을 모티브로 했다. 이 작품의 프롤로그 맨 처음에 '죽음의 협곡에 소환되신 것을 환영합니다'라는 멘트가 뜬다. 이후 주인공이 협곡에 들어간 순간, '미니언 몇 번 출전'이라는 목소리가 들리고 끝난다. 굉장히 짧고 간결하지만 여기까지 본 독자는 단번에 이렇게 생각한다.

'어? 이거 LOL(리그 오브 레전드)이잖아?'

게임을 재밌게 하고 있는 독자는 여기서 바로 흥미를 느끼면서 계속 소설을 읽을 것이다. 한데 막상 읽어보면 주인공이 미니언으로 출전하는 장면이 1화에 바로 나오진 않고 몇 화 뒤에 나온다. 하지만 독자는 주인공이 미니언이 되어 죽음의 협곡에 입장하는 장면이 나올 때까지 계속 작품을 볼 것이다. 그리고 그 장면에서 만족감을 얻으면 다음 편을 볼 것이다.

로맨스나 로판 작품에서도 이 같은 연출법을 흔히 볼 수 있다. 전 남자 친구나 전 남편과 헤어지는 장면이 대표적이다. 이런 장면을 보여주면 독자는 '똥차가 지나가고 벤츠가 오겠지' 하는 심정으로 여자 주인공이 진짜 남자 주인공과 만나는 장면을 기대하면서 읽어나간다. 남자 주인공과의 진한 베드신을 프롤로그에서 보여주면 독자는 남자 주인공과 여자 주인공이 그런 깊은 관계까지 도달하는 장면을 기대하면서 읽을 것이다.

이런 식으로 프롤로그나 작품 초반부, 혹은 에피소드 초반부에 기대감을 연출해주면 연독률을 성공적으로 방어해낼 수 있다.

한편 기대감은 다른 방식으로도 활용할 수 있다. 작품을 기승전결의 '결' 부분에서 끝내되, 강한 느낌을 연출해 여운을 남기는 방법이다. 예를 들면 보스를 물리치고 희귀한 아이템을 얻는 장면에서 주인공이 느끼는 짜릿한 감정을 그대로 묘사하는 것이다.

나 역시 이런 연출법을 종종 사용하는데 《문명하셨습니다》 36화가 그렇다. 36화에서 주인공은 자신의 부족이 겪은 문제를 모두 해결하고, 이후 부족민 모두 주인공을 추앙한다. 그 광경을 보면서 주인공은 지금껏 단 한번도 느껴보지 못한 만족감을 얻는다. 10년 가까이 취업을 준비하면서는 결코 느낄 수 없었던 자존감, 모든 사람을 위해 중요한 일을 할 수 있다는 자신감, 처음엔 정말로 불가능해 보였던 일을 해결했다는 뿌듯함 같은 감정을 하나하나 표현해 강렬한 느낌을 받도록 연출했다.

로맨스나 로판에서도 이런 여운이 남는 감정으로 끝을 맺는 장면이 많다. 여자 주인공과 남자 주인공 사이의 오해가 풀리고 서로 키스하는 장면, 여자 주인공이 그토록 고대하던 일을 해내는 장면에서 짜릿하고 감동적인 느낌을 연출하는 것이다.

이렇게 여운을 남길 수 있도록 에피소드 마지막을 장식하면 독자는 '와, 재밌어!', '또 이런 느낌을 받고 싶어' 하면서 자연스레 다음 편을 넘기게 된다. 하지만 느낌이 약하면 바로 책을 덮을 수 있기 때문에 이 방법은 초반부를 지나 최소 1권을 넘어선 지점에서 사용하는 것을 추천한다. 기대감 연출법은 여기까지 정리하겠다.

이번 파트에서는 호기심을 불러일으키는 연출법인 절단신공과 기대감 연출법에 대해 살펴보았다. 절단신공은 호기심을 목적으로 에피소드의 허리를 끊는 방법이다. 그리고 기대감 연출법은 두 가지로 살폈다. 첫 번째는 독자에게 기대감을 줄 수 있는 장면을 에피소드에 앞서서 보여주는 방법이고, 두 번째는 기승전결의 결 부분에 강렬한 여운을 연출하는 방법이다. 이 연출법을 베스트 작품을 통해 꼭 확인해볼 것을 권한다.

절단신공과 프롤로그 기대감 연출법은 작품 초반부에서도 확인할 수 있지만, '결 부분 연출법'은 50화 정도 읽어야 발견할 수 있다.

· Mission

지금까지 정리해온 베스트 작품을 통해 절단신공과 기대감 연출법을 확인해보자.

'사이다의 비밀'과 고구마를 피하는 '마법의 연출법'

이번에는 '사이다(답답한 지점을 속 시원히 뚫어주는 장면)' 요소에 대해서 알아보고 '고구마(독자를 답답하게 만드는 장면)' 요소를 피하는 방법을 살펴보겠다.

먼저 다음 질문에 답해보자.

"독자가 웹소설을 보는 이유는 뭘까?"

여러 답이 있겠지만, 간단하게 다음과 같이 말할 수 있다.

"만족하기 위해서."

대리만족의 구조

정확히 말하면 독자는 주인공을 통해 대리만족을 느끼기 위해 웹소설을 읽는다. 이를 염두에 두고 위의 그림을 보자.

앞에서도 한번 본 대리만족 구조 그림이다. 이런 구조로 독자는 대리인인 주인공이 느끼는 감정을 그대로 느낄 수 있다. 그래서 주인공을 만족시키면 독자 역시 만족감을 느낀다. 이 구조는 로맨스든 로판이든, 남성향 판타지든 기본적으로 같다. 다만 독자의 기본 성향에 따라 달라지는 면은 있다.

강박적 성향의 독자는 주인공에게 온전히 이입해 주인공이 느끼는 감정을 고스란히 받아들인다. 하지만 히스테리적 성향의 독자는 다른 경향을 보인다. 주인공은 괴롭고 힘든데, 독자는 이걸 보면서 즐기는 것이다.

로맨스나 로판 코드 중 피폐물(주인공이 혹사당하는 내용의 작품)이 대표적인 형태다. 피폐물이 아니라도 여성향 코드의 작품 중에는 이런 성향을 노린 에피소드가 많다. 갓녀 작가의 《키스 식스 센스》란 작품을 보면 초반부에 이런 에피소드가 있다.

상사와 썸을 타고 있는 여자 주인공이 지각을 한다. 그래서 남자 주인공인 상사에게 따끔하게 혼나는데, 그것 때문에 여자 주인공은 아주 괴로워한다. 하지만 그날은 남자 주인공도 지각을 한 날이었다. 그래서 주변 사람들은 "남자 주인공도 늦었으면서 일부러 혼내는 척하기는", "너무 알콩달콩한 거 아냐?" 하는 식으로 대화하면서 흐뭇한 표정으로 바라본다.

이런 장면에서 독자는 여자 주인공에게 몰입하는 것이 아니라 주변 사람들에게 이입한다. 히스테리적 성향의 기본 방향을 생각해보면 이해하기 쉽다. 히스테리적 성향은 나 자신보다는 외부에 더 신경 쓴다. 외부의 제3자가 자신을 욕망하길 바라기 때문인데, 이런 성향 탓에 주변인의 시선이 매우 중요하고, 그만큼 주변인에게 이입할 수 있는 것이다. 그래서 로판을 준비하는 사람은 이런 장면, 즉 주인공은 괴로운데 독자는 만족하는 장면을 잘 활용하면 좋다. 아주 자연스러운 대리만족의 한 형태라고 할 수 있다.

하지만 남성향 판타지를 준비하는 사람에게는 위험할 수 있다. 강박적 성향의 독자는 주인공에게 감정을 그대로 이입하기 때문에 이런 장면은 매우 답답하게 느껴진다. 이렇게 쓰려면 남희성 작가의 《달빛조각사》처럼 주인공의 불만족스러운 감정을 가볍고 약간 개그스럽게 표현해야 한다. 그래야 독자가 한 발짝 물러서서 웃을 수 있다.

이 구조를 통해 또 하나 알 수 있는 중요한 사실은, 주인공만 알고 독자는 모르는 형태로 이야기를 전개하는 방식은 별로 좋지 않다는 것이다. 조금 전 살펴본 에피소드 연출은 주인공은 모르는데 독자는 아는 형태였다. 그래서 독자는 만족할 수 있었다.

하지만 반대로 주인공은 아는데 독자는 모르는 형태가 되면 감정이입 자체가 되지 않을 수도 있다. 간혹 반전이나 큰 충격을 주기 위해 이런 식으로 연출하는 경우도 있지만, 권하지 않는다. 반전을 잘 쓴 작품을 참고하지 않는다면 대부분 실패하기 때문이다. 반전 효과를 주는데 성공한 작품은 독자에게 정보를 공개하거나 가리는 기술이 매우 뛰어나다. 이 기술은 신인이 단번에 따라 하기엔 힘들다. 반전을 주려다 실패해서 연독에도 실패하는 경우가 대부분이고, 성공한다고 해도 대박을 치거나 하진 않는다.

따라서 되도록 독자에게 필요한 정보를 차근차근 공개하고, 주인공과 함께 호흡하는 형태로 쓰길 권한다. 그래야 독자가 마음 편하게 주인공에게 감정을 이입할 수 있다.

독자에게 '만족'이란?

독자의 성향에 따라 '만족'을 느끼는 지점을 다음과 같이 나눠볼 수 있다.

강박적 성향의 독자에게 만족이란 '하고 싶은 것을 이루는 것'.
히스테리적 성향의 독자에게 만족이란 '부족한 것을 채우는 것'.

남성향이든 여성향이든 이 두 가지를 모두 만족이라고 정리할 수 있다. 독자는 강박적 성향과 히스테리적 성향을 모두 지니고 있기 때문이다. 한 가지 성향이 강하게 드러날 뿐, 두 성향을 함께 지니고 있다. 따라서 이 두 가지 만족을 사이다의 본질이라고 할 수 있다. 사이다란 결국 만족을 말하고, 만족은 곧 '하고 싶은 것을 이루는 것'과 '부족한 것을 채우는 것'이다. 독자는 바로 이 만족감, 사이다를 원한다.

만족감은 기본적으로 두 가지 성향을 지닌다. 욕망이 클수록 만족감은 커지고, 욕망은 억눌릴수록 커진다.

이해가 되는가? 결국 커다란 만족감을 주기 위해서는 욕망이 커져야 하는데, 욕망을 크게 키우려면 그 욕망을 억눌러야 한다는 뜻이다. 바로 이런 속성 때문에 많은 작가가 에피소드 초반부에 욕망이 억눌리는 장면을 쓴다. 욕망이 억눌리는 장면을 독자는 보통 '고구마'라고 한다. 이 용어를 사용해 앞에서 정리한 내용을 다시 써보면 이렇다.

'작가는 더 큰 사이다를 주기 위해 고구마를 활용한다.'

그래서 에피소드 초반부에 고구마가 심심치 않게 등장하는데, 독자는 이걸 참지 못하고 책을 던져버리곤 한다. 바로 이 점이 '사이다'와

'고구마' 사이의 딜레마인 것이다.

그렇다면 어떻게 사이다만 줄 수 있을까? 논리적으로는 불가능하다. 만족감이란 결국 욕망이 방해받는 상황을 극복하는 데서 생겨나기 때문이다. 다시 말하면 고구마가 있어야 비로소 사이다가 존재한다.

하지만 웹소설 중에는 흔히 위기 없는 소설, 사이다만 연속으로 나오는 작품이 많다는 이야기를 들어본 적이 있을 것이다. 이런 사이다만 주는 작품 탓에 신인이 당연한 상식에 근거해 고구마 사건을 전개해나갈 때 바로 깃털처럼 떠나가는 독자가 많다. 그렇다면 대체 베스트 작품은 이 점을 어떻게 극복했을까?

지금까지 내가 발견한 기법은 총 세 가지다.

첫 번째는 고구마 상황, 즉 문제가 벌어지는 상황을 요약해서 서술하는 방법이다. 장면이 아니라 줄거리로 서술하면 독자가 이입할 여지가 적기 때문에 상대적으로 고구마라 느끼지 못한다.

두 번째는 문제 상황을 배경이나 전제에 배치하는 것이다. 회귀물을 떠올리면 이해하기 쉽다. 회귀물에 등장하는 사건은 대부분 전생과 연관이 있다. 전생에서 주인공을 괴롭히던 인물이 등장하거나, 주인공을 힘들게 한 사건이 닥쳤을 때, 독자는 고구마를 느끼지 않는다. 대신 회귀한 주인공이 이번 사건을 어떻게 해결할지 관심 있게 지켜본다.

회귀물이 아닌 작품 중에는 임무를 부여하는 방식으로 이를 극복하는 경우가 있다. 주인공이 기사라면 왕이나 귀족 같은 권력자에게 임무를 받는 것이다. 길드에 등록해 퀘스트를 받는 것도 이에 속한다. 이런 방식도 임무에 합당한 보상이 주어지기 때문에 고구마를 유발할 염려가 없다.

세 번째는 문제가 벌어지는 상황을 보여주더라도, 주인공이 당황하거나 낙담하지 않는 방향으로 연출하는 것이다. 《전지적 독자 시점》 같은 생존물을 떠올려보면 이해하기 쉽다. 위기가 다가와 주변 인물들이 패닉 상태에 빠지는데, 주인공은 당황하지 않는다. 대신 '어떻게든 되겠지', '나는 할 수 있어', '침착하자, 이 상황은 내가 아는 거야. 난 이걸 극복할 수 있어' 하고 마음을 다잡으면서 담담하게 상황을 지켜본다. 이렇게 연출하면 문제 상황이 주인공 앞에 펼쳐져도 독자는 위기감을 느끼지 못한다. 주인공이 위기감을 느끼지 않기 때문이다. 그 대신 쾌감을 느낀다. 주변 인물들은 패닉에 빠져 죽어가지만, 주인공은 그 위기를 잘 활용해 성공해나가기에 쾌감을 느끼는 것이다.

지금까지 사이다, 만족감의 정체를 살펴보았다. 이들은 작품을 전개하는 데 매우 중요한 요소다. 사이다와 고구마에 대한 감이 없으면 독자에게 어필할 수 없다. 앞에서 소개한 세 가지 기법을 잘 사용한다면 '사이다만 있는 좋은 작품'이란 평가를 받을 것이다.

· Mission

베스트 작품을 읽으면서 각 에피소드의 문제 상황을 어떻게 연출했는지 살펴보자.

지금까지 언급한 이론 직접 확인해보기

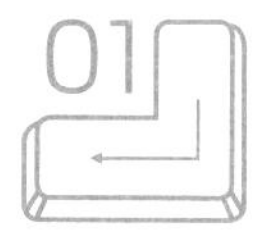

코드 분석은 이렇게!

이번 장에서는 지금까지 살펴본 내용을 총 정리하는 시간을 가져보려 한다. 다른 베스트 작품을 읽으면서 분석하는 방법을 살필 예정인데, 과제를 충실하게 수행해왔다면 이미 감을 잡았을 것이다. 그래도 빠진 내용이 없도록 전부 정리해보겠다.

분석의 시작은 뭘까? 작품을 읽고 줄거리를 파악하는 것이다. 하지만 단순히 줄거리를 파악하고 요약하는 것보다는 '어떻게 분석할 것이냐'가 중요하다. 보통 '200화까지 읽고 요약해보라'는 과제를 내면 사람에 따라 분량이 매우 크게 차이 난다. 어떤 사람은 두세 줄만으로 요약하고, 어떤 사람은 50페이지, 심지어 100페이지 이상 장대하게 정리하는 사람도 있다. 이런 혼선을 줄이기 위해 두 가지 기준을 정했다.

첫 번째, 1화씩 요약하되, 5줄에서 10줄 사이로 정리한다.
두 번째, 에피소드가 진행되는 순서로 요약한다.

일단 이 두 가지 기준에 따라 각 화를 요약 정리하면 된다. 이때 중요한 것은 핵심 장면을 빼놓으면 안 된다는 것이다. 핵심 장면이란 주인공의 매력과 관련된 장면이다. 아무리 사소해 보여도 초반에 아무런 의미 없이 장면을 배치하진 않는다. 여러분은 그 장면을 놓치지 말아야 한다. 해당 작품을 쓴 작가가 뭘 의도했는지, 무엇 때문에 그 장면을 썼는지 읽어내기 위해선 일단 빠짐없이 정리해두어야 한다. 이 점을 염두에 두면서 정리해야 한다.

그리고 한 가지 더, 각 화 마지막 장면을 어떻게 연출했는지 정리해둘 필요가 있다. 앞 장에서 언급했듯 연독률을 방어하기 위해서는 마지막 장면의 연출이 매우 중요하기 때문이다.

이렇게 세 가지 기준에 따라 5화에서 10화까지 내용을 정리한 다음, 본격적인 분석에 들어간다. 그럼 분석은 어떻게 해야 할까? 일단 분석하기 위한 틀이 있어야 한다. 그 틀은 지난 장까지 소개한 내용에 있는데, 다시 한번 차근차근 짚어보자.

첫 번째, 코드의 종류와 구성을 파악해야 한다. 독자가 가장 먼저 보는 형태이므로, 제목과 초반부 구성을 통해 코드를 파악하라.

두 번째, 대리만족의 3요소(강력한 동기, 세계 적합성, 차별적인 능력)를 어떻게 구현하고 있는지 파악하라.

세 번째, 주인공의 성격과 성향을 살펴야 한다. 4장에서 정리한 성향을 그대로 지키고 있는지, 그 밖에 특이한 점은 무엇인지 파악해보면 주인공을 어떻게 설계했는지 가늠할 수 있다. 다만, 분석하다 보면 간혹 초반부에 주인공이 나오지 않는데도 엄청난 인기를 누리는 작품을 볼 수 있다. 이런 작품을 분석할 때는 해당 장면이 주인공과 어떤 관계가 있는지 파악해보면 쉽게 답을 얻을 수 있다.

네 번째, 연출법을 눈여겨보자. 주인공의 매력을 어떻게 드러내는지 살펴보고, 각 화 마지막을 어떻게 연출했는지, 기대감 연출과 절단신공을 어떻게 사용했는지 살펴보자. 이 부분을 계속 살피다 보면, 6장에서 정리한 이론을 구체적으로 이해할 수 있을 것이다. 그중 가장 마음에 드는 기술을 작품에 녹여내면 된다. 그래서 이 틀로 최대한 많은 작품을 분석해보는 것이 중요하다.

다섯 번째, 서술법이다. 지금까지 충실하게 이론을 정리하긴 했지만, 막상 글을 쓰려고 보면 탁 막히는 사람도 있을 것이다. 그런 사람은 필법 노트에 서술법 항목을 만들어 자신이 자주 막히는 부분을 어떻게 서술하고 있는지 살펴보면 도움이 된다. 필력이 출중한 작품을 참고하는 것도 좋지만, 자신과 비슷한 수준의 작품을 참고하면 좀 더 용기가 생길 것이다.

문장력은 깊이 생각하고 훈련하는 만큼 는다. 그래서 정말 오랫동안 고민하면서 글을 써온 사람의 문장은 글맛이 아예 다르다. 이런 문장은 쉽게 따라 할 수 없다. 그러니 한번에 너무 좋은 문장을 쓰는 것은 불가능하다. 본인이 쓸 수 있는 수준의 문장으로 이루어진 작품이 시장을 어떻게 공략하고 있는지 눈여겨보는 것이 베스트 공략에 훨씬 유리하다.

코드, 대리만족의 3요소, 주인공의 성격과 성향, 연출법, 서술법이라는 도구를 가지고 작품을 분석해보면 필요한 것을 대부분 살펴볼 수 있을 것이다. 이렇게 찾아낸 내용을 필법 노트에 정리하면 된다.

필법 노트 똑똑하게 활용하기

필법 노트를 정리하는 요령도 짚어보자. 필법 노트는 크게 두 파트로 나누면 좋다.

첫 번째는 작품별로 정리하는 파트다.

한 작품을 5화에서 10화까지 요약 정리한 다음 분석하는 파트라고 생각하면 된다. 지금은 초반부가 가장 중요하기 때문에 10화까지만 분석했는데, 25화 이후나 50화 이후는 어떻게 써야 할지 감을 잡지 못하는 사람도 있다. 이런 경우 필요한 만큼 요약해서 분석해보는 것을 권한다.

실제로 무료 부문 베스트는 쉽게 진입하는데, 50화 이후부터는 노하우가 부족해 유료 연재 성적이 좋지 않은 경우도 적지 않다. 그래서 50화 이후 에피소드를 전개하는 요령을 파악하고 싶은 사람은 오랫동안 베스트를 유지하고 있는 작품 몇 개를 골라 직접 50화 이후를 분석해보는 것을 추천한다.

두 번째는 작품의 공통점을 정리하는 파트다.

첫 번째 파트에서 각 작품을 화별로 요약 정리한 다음, 이를 다섯 가지 틀로 분석해서 정리했다. 두 번째 파트에서는 이렇게 정리한 것끼리 비교하면서 공통점을 다시 정리해보자. 이때 카테고리를 만들어 정리하면 더욱 좋다. 보기도 편하고 더 많은 공통점을 짚어내는 데도 도움이 된다.

카테고리는 이미 짚어본 다섯 가지 분석 틀을 활용하면 좋다. 그 밖에 본인이 궁금한 내용을 카테고리로 만드는 것도 좋은 방법이다. 평소 전투 장면을 잘 쓰지 못했다면 '전투 장면'이란 카테고리를 만들어 각 작품의 전투 장면을 어떤 양상으로 서술했는지, 무엇을 포인트로 묘사했는지 적어보는 것이다.

이런 식으로 정리해보면 궁금한 점을 작품을 통해 해결할 수 있다. 이렇게 본인의 문제를 스스로 해결하는 것이 가장 좋다. 다른 작가나 친구, 멘토 등에게 바로 해답을 얻으면 머리로는 이해가 되어도 막상 쓰려고 하면 막막한 경우가 제법 많기 때문이다.

그리고 공통점을 정리할 때 중요한 점은 작품의 '장점'을 찾는다는 것이다. 바로 이 점이 문학과에서 하는 '합평(여러 사람이 의견을 주고받으며 비평하는 것)'과 다른 점이다. 분석 초기에 이런 실수를 많이 하는데, 이미 베스트에 오른 작품에서 단점을 찾는 것은 무의미한 일이다. 그게 정말 단점이라면 그 작품이 베스트에 오를 리 없기 때문이다.

앞으로 도전해보면 알겠지만, 베스트를 노리는 건 그리 쉽지 않은 일이다. 한순간이라도 베스트 1위를 기록하거나 오랫동안 순위를 유지할 수 있는 것은 작가가 나름의 노하우를 확보한 덕분이다. 그 노하우를 배운다는 생각으로 분석에 임해야 한다. 그래서 처음에는 오랫동안 10위권 이내를 유지하고 있는 작품을 중심으로 분석하길 권한다. 이런 베스트 작품의 공통점과 장점을 찾아본 후 범위를 넓혀가는 게 좋다.

베스트를 꾸준히 살피다 보면 간혹 이벤트를 받을 때 반짝 순위권까지 치고 올라왔다가 보름도 안 되어 30위권 밖으로 밀려나는 작품이 있다. 이런 작품을 볼 때는 '왜 이 작품은 순위를 방어하지 못했을까?', '어떤 점에서 문제가 있었지?'라는 의문을 가질 수 있다. 분석하면서 순위를 잘 방어하는 베스트 작품과 비교해보면 그 해답을 얻을 수 있을 것이다.

이처럼 글의 단점을 찾을 때는 순위에서 밀려나는 작품을 참고해야 한다. 물론 이때에도 오랫동안 베스트 순위를 유지하는 작품의 장점과 공통점을 잘 정리해둬야 비교할 수 있다. 이 점을 꼭 유의하길 바란다.

· **Mission 1**

이번 파트에서 정리한 분석법과 본인이 사용하는 방법을 비교해보자.

· **Mission 2**

《리얼 머니》 5화까지 읽고, 이번 파트에서 살펴본 원칙에 따라 요약 정리 해보자.

《리얼 머니》 분석

앞에서 정리한 코드 분석법을 가지고 내 작품 《리얼 머니》 초반부를 분석해보겠다. 연재 당시 내가 가장 중요하게 생각한 부분을 중심으로 분석할 것이다.

《리얼 머니》는 리메이크 작품이다. 맨 처음 연재한 것은 2014년 8월경이다. 이때 문피아 골든베스트 8위까지 올라 계약을 했는데, 이후 연독률이 많이 떨어지는 바람에 연재를 중단했다. 중단한 후 새로 쓴 작품이 《리걸 마인드》라는 사실은 이미 언급한 바 있다.

《리얼 머니》를 리메이크하면서 가장 신경 쓴 부분은 연재 당시 실패한 부분을 보완하는 것이었다. 그래서 첫 연재 때 쓴 에피소드를 많이 수정할 수밖에 없었다. 작품 초반 주인공의 고아원 시절 중 너무 늘어진 부분을 줄였고, 대신 주인공이 빠르게 성장하는 모습을 보여줬다. 또 이 과정이 다른 재벌물과는 다른 방식으로 진행되도록 설계했다.

그 결과 2014년 연재할 당시보다 더 좋은 성적을 거두었다. 대박이라고 할 수는 없지만 그래도 중박은 쳤다고 평가하는 작품이다. 《리얼머니》의 초반부를 정리해보자.

1화

- 주인공 장태현이 정신을 집중하는 장면, 오늘 있을 일 요약.
- 세계금융위원회 코스트너 회장이 자신을 후임자로 꼽았다는 것 언급.
- 주인공의 배경 설명 : 세계 100위권에 드는 갑부, 아름다운 아내, 아들과 딸.
- 코스트너 회장에 대한 설명 : 전 세계 90%의 부를 틀어쥐고 있음. 아들 다섯 명을 둠.
- 집중을 멈추고 차에서 내리는데, 기사의 의미심장한 인사말 : "좋은 일이 있을 거다."
- 세계금융위원회 사옥 신(新) 바벨탑에 대한 이야기 : 높지만 무슨 일을 하는 곳인지는 모름.
- 사옥에 들어서자 인사하는 직원들, 주인공 태현은 이에 거리감을 느낌.
- 최상층에서 만난 코스트너, 그는 태현에게 뒤를 맡아달라고 이야기함.

2화

- 신임 회장이 되어 축배하는 태현.
- 그때 진거령을 보고 알은척을 하려는데 코스트너가 태현을 붙잡음.
- 코스트너는 인수인계를 해준다면서 지하로 태현을 데리고 내려감.

- 가문에 대한 이야기를 비롯해 여러 이야기를 하던 코스트너.
- 그러다 "예전엔 돈으로 살 수 없었던 것들을 이젠 살 수 있다"고 말함.

3화

- 속내를 드러내는 코스트너. 태현의 몸속으로 영혼 이동을 할 의도.
- 여기서 세계금융위원회를 설립하는 데 태현의 힘이 지대했다는 것을 언급.
- 달아나려고 하지만 늦음.
- 태현은 기계에 구속되고, 코스트너도 맞은편에 앉음.
- 9%의 실패 확률을 말하지만 코스트너는 그대로 가동시키고, 결국 머리가 터져 죽음.
- 태현도 곧이어 정신이 아득해짐.
- 이후 태현은 아기로 다시 태어남.

4화

- 태어난 이후 빠르게 지나가는 시간.
- 그 과정에서 어머니가 자신을 고아원에 버리는 장면 목격.
- 전생의 태현이 거친 과정을 간략히 보여줌.
- 이후 시간은 느려지고 1987년, 그는 열네 살이 됨.
- 동기부여 : "그래도 돈은 벌어야 해."
- 고아원에서 아이들끼리 싸우는 장면 : 철규와 민석의 다툼.
- 이를 말리는 태현. 그 이유는 민석이 실명되는 전생을 기억하기 때문.
- 사건을 해결하고 이 긴 시간 동안 무엇을 할지 고민 : '교육은 백년지대계'라고 쓰여 있는 액자.

5화

- 음울한 환경을 바꾸기 위해 고아원에 책을 들여올 것을 구상하는 태현.
- 도서관과 대학에 도움을 요청해야겠다고 마음먹음.
- 이를 위해 편지를 써보는데, 너무 잘 쓴 글씨 덕에 고민.
- 아이들의 삐뚤삐뚤한 글씨체가 더 효과적이라 판단해 아이들을 찾음.
- 이후 철규가 대신 써주는데, 철규는 명필이었음.
- 이에 직접 아이들을 가르치기로 결심하고, 수녀님에게 노트와 연필을 받음.

먼저 1화의 코드를 살펴보자. 회귀물이긴 하지만 아직 회귀 장면은 나오지 않았다. 이런 형태가 된 것은 맨 처음 이 작품을 쓴 시기가 2014년이기 때문이다. 당시는 5화, 길게는 8화 정도까지 회귀 시기를 늦춘 작품이 제법 있었다. 《리얼 머니》 첫 버전도 5화에서 회귀했다. 하지만 이번 리뉴얼판에서는 그 시기를 조금 앞당겼는데, 자세한 사항은 나중에 살펴보겠다. 여기선 1화지만 아직 회귀 장면이 나오지 않았다는 정도로 정리한다.

회귀 대신 1화에서는 주인공의 내력과 세계관을 소개했다. 이어서 주인공의 전생에서(전생이라는 건 나중에 알게 되지만) 기회를 얻는 장면에서 끝났다. 4단계 구조로 살펴보면 기, 승 부분에서 끊은 셈이다. 자연스럽게 '절단신공'을 연출한 것을 확인할 수 있다.

여기서 절단신공 연출이 유효한 이유는 주인공의 강력한 힘을 한번 언급했기 때문이다. 주인공 장태현의 강력한 힘은 무엇이었나? 바로

'돈'이다. 그는 비공식적으로 세계 100위권에 드는 재벌이다. 게다가 마지막 장면에서 전 세계 통화를 좌우하는 세계금융위원회 회장 자리를 제안받는다.

이 역시 주인공의 힘과 관련된 부분이다. 주인공이 지금보다 더 높은 자리로 올라가는 것이니 매력이 증폭된다. 즉 이 지점에서 이야기를 끊으면 독자의 궁금증 역시 증폭된다는 것을 어렵지 않게 예측할 수 있다.

2화는 구조로 따지면 기승전결의 승에서 전으로 가는 부분이다. 그리고 회귀하는 장면은 아직 나오지 않는다. 2화에서 세계관과 관련된 설명은 주로 요약 서술법으로 그린다는 것을 확인할 수 있다. 조금 지루할 수 있지만 주인공과 관련된 정보이기 때문에 독자가 무리 없이 읽을 것이라 판단했다.

이어서 영원한 생명을 언급한 다음, 이를 돈으로 살 수 있다고 하는 장면에서 궁금증을 증폭시켰다. 그러면 독자는 '드디어 회귀하는 장면이 나오겠구나' 하고 기대할 것이다.

3화에 드디어 회귀 장면이 나왔다. 주인공이 죽은 이후 바로 나온 셈이다. 요즘 추세와 비교해보면 조금 늦게 나온 편이지만, 그래도 연독률을 방어하는 데 문제가 없었다. 중간중간 주인공의 매력을 어필했고, 마지막 회귀 장면에서는 다른 작품에서는 흔히 볼 수 없는 장면을 연출했기 때문이다. 차별적인 루트를 만들어낸 것이다. 그리고 또 한 가지 짚어볼 것은 코스트너가 죽는 장면이다. 만약 코스트너가 죽지 않았다면 어땠을까?

사실 처음 연재했을 때는 코스트너가 죽지 않는 형태로 썼는데, 한 독자가 댓글을 남겼다. '코스트너가 살아 있는 게 마음에 걸린다. 주인공은 회귀했지만 세상 저편에 그런 악인이 살아 있는 것이 못마땅하다'는 내용이었다.

그래서 이 부분을 수정하기로 결심했다. 영혼 이동 기계에서 실패 확률을 계산하고, 코스트너는 91% 확률에 목숨을 걸었다. 그 결과는 대실패. 반대로 이야기하면 코스트너는 91%의 승률을 가지고도 승률이 9%인 주인공에게 패배한 것이다. 이로써 주인공의 능력 중 '운이 좋다'는 것을 어필했다.

이런 식으로 수정하면서 코스트너가 남아 있는 세상에 대한 우려를 없애버림과 동시에, 주인공 태현에 대한 기대감을 극대화했다. 얼핏 사소해 보이는 요소지만 주인공의 매력을 어필하기 위해 얼마나 많이 신경 썼는지 확인할 수 있는 부분이기도 하다.

다음으로 4화를 살펴보자. 주인공 태현이 갓 태어난 아이 상태로 회귀했지만 시간은 빠르게 지나간다. 여기에서 '아이 상태가 너무 길어지면 지루하지 않을까?' 하는 독자의 걱정을 해소해주었다. 또 빠르게 지나가는 성장 과정을 짤막한 장면을 섞어 요약 서술법으로 그렸다.

이후 태현이 열네 살이 되면서 본격적인 장면이 시작되고, 첫 에피소드가 나온다. 고아원에서 아이들끼리 벌인 싸움을 말리는 에피소드다. 철규를 괴롭히던 민석이 실명하는 것을 막아준다.

여기서 주인공의 능력을 활용해 문제를 해결하는 전형적인 첫 에피소드의 형태를 확인할 수 있다. 동시에 아주 짧게 해결한다는 원칙도 잘 지켰다. 여기서 주인공은 어떤 능력을 썼을까? 회귀자의 기본 능력인 '기억'을 활용했다. 게다가 주인공은 원래 뛰어난 인물이었기 때문에 더 이상의 특별한 능력을 쓸 필요도 없이 말 한두 마디로 해결해버린다.

반면 이 장면을 보면서 '주인공이 아무 대가도 받지 않고 일을 해주고 있네. 오지랖 아닌가?' 하는 의문이 생길 수도 있다. 물론 오지랖이라고 볼 수도 있다. 하지만 나는 어린아이가 장애인이 되는 것을 막는 건 정서상 당연하게 받아들일 수 있는 부분이라고 판단했다. 아이가 우물가로 기어가는 것을 보고 구해주고자 하는 마음, 즉 '불인지심'의 정서상 충분히 허용될 수 있는 장면이었다.

4화에서 또 하나 눈여겨볼 지점은 동기 부분이다. 사실 《리얼 머니》의 회귀 장면은 다른 작품과 조금 다르다. 실패한 인생을 살던 주인공이 후회 속에서 회귀하는 것이 아니라, 성공한 인생을 살던 주인공이 음모에 빠져 회귀하는 형태다. 그래서 《리얼 머니》 주인공 태현은 다른 회귀물의 주인공과는 기본 동기 자체가 다르다. 코스트너에 대한 복수라는 동기를 기본적으로 갖게 되는 것이다.

하지만 이 동기는 멀고 약하다. 주인공은 이제 열네 살이고, 코스트너는 세계금융위원회 의장이다. 복수하려면 정말 까마득하다. 이대로 이야기를 진행하면 독자가 답답하게 느낄 수 있다.

그래서 새로운 동기를 심어주었다. 첫 번째는 돈을 벌어야 한다는 것이고, 두 번째는 작품 말미에 나온 것처럼 고아원 아이들을 교육시켜야겠다는 것이다. 세부 에피소드를 이끌어가기 위해 가깝고 강한 동기를 심어준 셈이다.

이제 5화로 넘어가보자. 5화에서는 두 번째 에피소드가 진행된다. 바로 주인공의 특성, 성격에 관련된 에피소드다. 주인공 태현은 55년간 살고 돌아왔기 때문에 고아원 아이들의 음울한 분위기를 견디지 못한다. 그래서 직접 바꾸려 한다.

여기서 주인공의 중요한 특성이 드러난다. 이미 55년을 산 회귀자라는 특성이다. 전생에서 이 시기를 불타는 욕망으로 꾹 참고 넘겼지만, 이젠 다른 방식으로 해결하려 한다. 그 방식은 아이들을 교육시키는 따뜻한 방식이다.

이는 전생과는 완전히 다른 방법이라고 어필한다. 전생의 주인공은 목표만 좇는 차가운 사람이었지만, 지금은 달라졌다. 스스로는 자각하지 못한다. 하지만 독자는 '이 녀석이 사람다워졌구나', '회귀하더니 인간 됐네' 하는 훈훈한 시선으로 바라보게 될 것이다. 또 동시에 이런 기대감도 가질 것이다. '그렇다면 앞으로 주인공은 어떤 방식으로 돈을

벌게 될까?', '전생에도 성공했던 지점을 이번엔 어떻게 풀어갈까?'

이렇게 독자는 좀 더 여유롭게 주인공을 바라보게 될 것이다. 이것이 에피소드를 설계할 당시 내 의도다.

지금까지 《리얼 머니》 5화 분량을 정리하면서 내가 저자로서 중요하게 신경 쓴 부분을 중심으로 분석해보았다. 어떤가? 아마 대리만족의 3요소인 강력한 동기, 세계 적합성, 차별적인 능력이 모두 드러났음을 확인할 수 있을 것이다. 주인공에게 새로운 능력을 주진 않았지만, 전생을 기억하는 것만으로도 치명적인 힘을 지녔다는 특성을 부각했다.

여기에 주인공의 내력과 성격, 특성도 잘 나타나도록 설계했다. 전생에는 차갑고 목표 지향적인 사람이었지만, 지금은 자신도 모르게 인간미를 갖춰가고 있다. 이런 특성 때문에 주인공만의 차별적인 능력에 대한 기대감이 생긴다.

서술법을 보면, 뚜렷한 기술을 쓰지는 않았다. 장면 서술과 요약 서술을 번갈아 썼을 뿐이다. 하지만 내용은 쉽게 인식된다.

연출법으로는 주인공의 매력을 부각하는 방법과 절단신공을 함께 썼다. 이를 통해 매 화 말미에서 다음 편이 궁금하게끔 연출했다는 것을 확인할 수 있다.

초반부는 이 정도로 정리하면 충분하다. 만약 더 궁금한 점이 있다면, 그 부분을 카테고리로 만들어 해당 작품이 어떻게 그것을 해결하는지 정리하면 된다. 더 입체적으로 분석하려면 코드가 비슷한 다른 작품을 비교해보면 된다.

· Mission

카카오페이지판 《리걸 마인드》 5화까지 읽고 요약 정리해보자.

《리걸 마인드》 분석

지난 파트에서는 《리얼 머니》를 분석해보았다. 스스로 분석한 것과 비교해보면 더욱 좋을 것이다. 만약 비교했는데 별 차이가 없었다면 실력이 그만큼 향상되었다고 볼 수 있다. 이제 작가의 시선으로 작품을 바라보게 되었다는 뜻이기 때문이다.

차이점이 많아도 괜찮다. 스스로 볼 수 있는 부분을 짚어내는 것만으로도 충분하다. 그렇게 짚은 부분은 평소 자신이 부족해서 궁금해하던 것일 가능성이 높다. 이런 방식으로 앞으로 수많은 베스트 작품을 읽고 분석해보면 더 많은 것을 찾아낼 수 있고, 필력을 향상시킬 힌트를 발견해낼 수 있을 것이다.

이번에는 《리걸 마인드》를 분석해보겠다. 《리걸 마인드》는 2015년 완결한 작품이지만, 시기적으로 《리얼 머니》 이후 쓴 작품이기 때문에 보다 세련된 구조를 사용했다. 이 부분을 중심으로 확인해보겠다.

1~5화 분석

《리걸 마인드》는 나의 실질적인 데뷔작이다. 《리얼 머니》 연재 중단을 결심하고, 그때부터 약 보름간 준비한 뒤 바로 연재를 시작했다. 이때 마음속으로 배수의 진을 치고 시작했다. 《리얼 머니》보다는 성공한 작품을 써야겠다고 말이다. 당시 문피아 골든베스트 8위까지 오른 작품을 엎어야 한다고 생각하니 아까웠던 건 사실이다. 하지만 이런 마음이 더 강했다.

'지금 법정물을 쓴다면 시장에서 제대로 통하지 않을까?'

당시 유료 베스트 1위 작품이 유인 작가의 《메디컬 환생》이었다. 뜨거운 인기를 끄는 걸 보면서 당시 많은 작가가 '그다음으로 인기를 끄는 작품은 법정물일 것이다'라고 예측했다. 그래서 어느 정도 자신 있었다. 개인적으로 오랫동안 법을 공부했고, 어떤 식으로 에피소드를 풀어가야 하는지 감이 잡혔기 때문이었다.

예상대로 연재 성적은 좋았다. 무료 연재 기간에 골든베스트 4위를 기록했고, 연독률은 98% 정도였다. 지금도 문피아에 당시 연재했던 게시판이 남아 있는데, 가서 확인해보면 초반부 조회 수와 유료 연재 직전 조회 수가 거의 같다는 것을 확인할 수 있다.

그렇다면 《리걸 마인드》는 어떤 기획하에 연재되었을까? 카카오페이지판을 기준으로 내용을 요약해 살펴보겠다.

1화

- 악덕 변호사 이야기.
- 실력은 좋지만 그 실력으로 나쁜 짓을 하는 악덕 변호사.
- 그는 모종의 임무를 완수하고 밝은 미래를 꿈꾸다가 갑자기 죽게 됨.
- 죽으면서 귓가에 들리는 목소리 : "죗값을 치러야지."
- 잠에서 깨는 주인공 신유생.
- 일과 시작.

2화

- 고시원 식당에서 아침 식사를 맛있게 하는 주인공.
- 주인공은 식사 후 아주머니들과 이야기하는 태수를 발견.
- 사업 부도로 인해 지급명령이 떨어진 사건에 대해서 태수가 아주머니들에게 "파산을 하면 문제가 없다"고 조언해줌.
- 이때 주인공이 나타나서 "안 될 거다. 모르겠으면 찾아오라"고 덧붙임.

3화

- 자신의 능력이 기억력인 줄 알았지만 그건 아니고, 그냥 법을 알려준다는 사실에 만족.

- 그때 태수가 찾아오면 어쩌나 하는 불안감에 휩싸이고, 바로 태수가 찾아옴.
- 태수의 한마디 : "법원에 전화해봤는데, 네 말이 맞다."
- 주인공과 상담하러 온 태수. 식당 아줌마를 도울 방법에 대해 물음.
- 주인공은 배우자우선매수청구권을 중심으로 한 전략을 세워줌.
- 150만 원으로 빚 5억을 갚는 방법.
- 태수는 옳다구나 하고 좋아하지만 유생은 괴리감이 든다.

4화
- 괴리감의 정체는 꿈이었기 때문.
- 악덕 변호사의 최후.
- 그가 죽은 이유는 잘못된 판결을 이끌어냈기 때문.
- 유생은 태수에게 달려가 다른 방법을 제시.
- 결국 고시원 식당 아줌마는 유생의 말대로 잠실 집을 팔고 빚을 해결. 그래도 돈이 남아 광명시에 집을 사고, 남편은 가게를 얻음.
- 고시원 식당 아줌마는 고마움의 대가로 맛있는 저녁 식사를 대접함.
- 고기를 먹으며 대화하는 과정에서 유생을 부러워하는 태수.

5화
- 식사를 마치고 고시원에 돌아가면서 유생이 지닌 능력의 정체를 알려주는 태수.
- 태수는 유생의 실력을 인정하고는 함께 사법고시를 준비하자고 제안.
- 다음 날 해장국을 먹은 유생은 태수가 이끄는 곳으로 향함.

1화에는 한 악덕 변호사의 이야기가 나온다. 실력은 좋지만 그 실력을 가지고 나쁜 짓을 하는 변호사다. 그는 모종의 임무를 완수하고 밝은 미래를 꿈꾸면서 차로 돌아가다 습격을 받아 죽는다. 그러면서 어두운 그의 과거사가 요약 서술로 나온다. 부당한 판결을 이끌어낸 그에게 원한을 품은 사람들에 대한 이야기다. 그러고는 주인공이 죽는데, 그때 귓가에서 "죗값을 치러야지" 하는 목소리가 들려온다. 그러면서 주인공이 잠에서 깨고, 일과를 시작한다.

1화의 구조가 회귀물과 비슷하다고 느끼지 않았나? 악덕 변호사를 주인공으로 삼았다고 한다면 전형적인 회귀물의 형태다. 주인공의 과거사가 나오고, 그 과거에서 가장 찬란한 순간 혹은 기회를 잡는 순간 죽는다. 그리고 회귀한다. 이 구조는 회귀물과 같다. 같은 회귀물이지만 《리얼 머니》보다 스토리가 훨씬 빠르게 진행된다. 《리얼 머니》를 쓰면서 회귀물의 구조를 완벽하게 파악한 것이 글로 드러난 셈이다. 그래서 앞부분을 길게 끌지 않고 바로 회귀하는 형태로 썼다.

하지만 작품을 끝까지 읽은 사람은 알겠지만 《리걸 마인드》는 회귀물이 아니다. 2장에서 한번 언급한 적이 있는데, 당시 나는 회귀물을 좋아하지 않았다. 실패한 인생을 다시 산다고 인생이 더 나아질 거라고 생각하지 않았다. 그래서 《리얼 머니》의 주인공은 성공한 인생을 산 사람이다.

그러나 《리걸 마인드》에서는 《리얼 머니》 때와는 다른 시도를 해봤다. 회귀물의 초반 형태만 따오는 것이다. 회귀물과 같은 구조로 시작하지만, 실제로는 기억을 상실한 주인공의 이야기를 썼다. 독자는 회귀물인 줄 알고 무리 없이 따라왔다. 독자가 초반에는 내용이 아니라 형태를 본다는 내 가설이 맞아떨어진 셈이다.

2화는 고시원 식당에서 시작한다. 주인공은 아주 맛있게 밥을 먹고 나서 누군가를 발견한다. 1화 마지막 부분에 잠깐 언급한 태수다. 그는 서울대 출신의 20년 차 장수생이다. 실력은 좋지만 시험 운은 지독히 없는 이 친구가 식당 아주머니들과 이야기한다. 그 주제는 사업체의 부도다. 아주머니 중 한 명의 남편이 사업을 하는데, 부도가 나서 지급명령이 떨어졌다. 태수는 파산 신청을 하면 재산을 보전할 수 있다고 조언해준다. 바로 그때 주인공은 파산 신청이 되지 않을 거라면서 이유를 설명해주고는 잘 모르겠으면 찾아오라고 한 뒤 자리를 뜬다.

어떤가? 회귀 후 첫 에피소드가 나오는 장면이다. 법정물인 만큼 부도와 관련된 케이스를 준비했다. 주인공의 능력을 드러낼 수 있는 볼륨이 가벼운 첫 에피소드로 말이다. 여기서 주인공은 시험 운은 없지만 실력은 출중한 고시 장수생 태수를 상대로 자신의 '리걸 마인드'를 드러낸다. 모르겠으면 찾아오라는 말까지 남긴다. 이 연출로 궁금증을 증폭시켰다.

3화로 넘어가면 주인공이 자신의 능력을 자각하는 장면이 나온다. 처음엔 기억력인 줄 알았는데, 그것과는 다르다. 그냥 법 원리를 잘 아는 것이다. 그때 태수가 나타나고 그와 다시 아침에 있었던 케이스를 가지고 대화한다. 태수는 법원에 전화해보니 주인공 말이 전부 맞았다고 시인한다. 기승전결로 치면 '결'에 해당하는 부분이다.

하지만 3화는 여기서 끝나지 않고 새로운 국면으로 접어든다. 주인공의 말대로 파산 신청을 할 수 없으면 이 문제를 어떻게 해결해야 하는지가 남는다. 여기서 주인공이 또 능력을 발휘한다. '150만 원으로 빚 5억을 갚는 방법'을 제시한 것이다. 아주 솔깃한 방법이다. 이 방법을 듣고 태수는 돌아가지만 주인공 신유생은 왠지 괴리감이 든다. 그 괴리감이 무엇일지 독자도 궁금해할 것이다.

이어서 4화 첫 부분에 그 괴리감의 정체가 드러난다. 그것은 꿈이었기 때문이다. 자주 꾸던 꿈속 악덕 변호사의 최후. 그가 죽은 이유는 잘못된 판결을 이끌어냈기 때문이다. 그래서 원한을 지닌 자 중 하나가 그를 죽인 것이다. 이를 떠올린 유생은 태수에게 달려가 다른 방법을 제시한다. 그 방법은 빚을 갚는 것이었다. 그래서 식당 아주머니는 잠실에 있는 10억짜리 집을 팔아 빚을 갚는다. 이 선택으로 모든 것이 원만하게 해결된다. 아주머니는 광명시에 있는 더 싸고 큰 아파트로 이사 가고, 남은 돈으로는 다시 사업을 한다. 이 일로 태수와 유생은 등급 높은 소고기를 얻어먹는다. 이때 태수는 유생의 능력을 부러워한다.

이렇게 제3자가 주인공의 능력을 인정해주는 장면을 넣으면서 주인공의 매력을 증폭시켰다. 여기서 재밌는 이슈가 있는데, 3화까지 읽은 독자 중 배우자우선매수청구권을 이용해 150만 원으로 5억 빚을 해결한다는 주인공의 전략을 비판하는 사람들이 있었다. 빚은 갚아야 하는데, 그런 꼼수로 떼어먹어서 되겠느냐는 것이었다. 그 사람들은 4화에서 허를 찔린다. 주인공은 결국 빚을 갚는 선택을 하게 되니까.

이 부분은 작가인 내겐 작품 전체의 명운을 건 승부수였다. 당시 연재를 시작한 법정물은 《리걸 마인드》 하나뿐만이 아니었다. 경쟁하는 작품이 둘이나 더 있었다. 이들과 차별화하기 위해 단순해 보이는 이 에피소드에 살짝 깊이를 주었다. 효과는 좋았다. 덕분에 많은 사람이 신선함과 차별점을 느꼈고, 이 점이 연독률로 직결되었다고 생각한다.

5화로 넘어가면서는 본격적인 두 번째 에피소드가 진행된다. 식사를 마치고 고시원에 돌아가면서 태수가 유생이 지닌 능력의 정체를 알려준다. '리걸 마인드'.

태수는 유생의 리걸 마인드를 칭찬하고는 함께 사법시험을 준비하자고 제안한다. 다음 날 둘은 함께 해장국을 먹고 유생은 태수가 이끄는 곳으로 향한다.

이렇게 5화까지 살펴보았다. 《리얼 머니》와 비교하면 전개 속도가 빠른 것이 눈에 띌 것이다. 그러면서도 필요한 요소는 전부 들어갔다. 다만 약한 부분도 확인할 수 있다. 주인공의 동기다. 다른 회귀물과는 다르게 《리걸 마인드》 주인공은 동기가 약하다. 전생의 기억을 승계하지 않았기 때문이다.

보통 회귀 코드 작품에서 이런 부분이 드러나면 치명적이다. 하지만 이 작품에서는 연독률에 큰 영향을 미치지 않았다. 왜일까? 맨 처음에 전형적인 회귀물 형태로 썼기 때문이다. 회귀물에는 기본 동기가 있다. 전생보다 더 나은 삶을 살겠다는 것이다. 그래서 독자는 주인공이 전생과는 다르게 선한 동기로 그의 능력을 활용할 것이라고 이해했다.

실제로 첫 에피소드에서도 주인공이 악덕 변호사의 선택이 아니라 옳은 선택을 하게 된다. 여기서 독자는 주인공 스스로도 인식하지 못하는 동기를 인지한다. 이 연출은 독자는 아는데 주인공은 모르게 하는 연출법이다. 대리만족의 형태에 대한 이야기를 할 때 한번 언급했다. 연재 당시 나는 초반부터 내가 아는 모든 기술을 사용해보았다. 회귀물을 쓰는 게 너무 싫었기 때문이다.

다른 부분도 짚어보겠다. 세계 적합성 부분은 어떤가? 여기서도 일반적인 회귀물과 다른 부분을 찾아볼 수 있다. 아까 말했듯 전생의 기억을 승계하지 않고 능력만 가져왔다.

기억 없이 능력만 가져왔지만, 주인공이 앞으로 맞닥뜨리는 사건은 전부 법과 관련되어 있다. 고시촌에서 법 문제를 해결하고, 사법시험을 준비하기로 했다. 바로 이것 때문에 세계 적합성이 충족된다. 세상이 그에게 맞춰줄 준비가 되어 있는 것이다. 특별한 능력은 '리걸 마인드'다. 이를 통해 다른 작품과는 확실히 다른 루트를 그린다. 사법시험에 합격하고 법조인이 되는 과정 말이다. 당시엔 법정물이 흔하지 않았기 때문에 이 과정 자체만으로도 독자에겐 매우 차별적으로 다가갔을 것이다.

다만 주인공의 특별한 성향이나 성격은 잘 드러나지 않았다. 이 점은 당시 신경 쓰지 못한 부분이다. 보편적으로 통하는 형태로만 썼다. 현재 베스트 작품의 주인공과 비교해보면 능동성이 조금 떨어지는 게 사실이다. 전생의 기억을 지닌 게 아니라서 동기가 비교적 약한 것도 짚을 수 있다. 이를 보완하기 위해 태수라는 조연을 활용했다. 태수는 설정 자체가 욕망이 강할 수밖에 없는 캐릭터다. 실력은 좋은데 시험 운이 없는 고시 장수생이니 말이다. 여기까지만 들어도 그의 욕망을 쉽게 예측할 수 있다. '반드시 사법시험에 합격하고 싶다'는 그의 강한 욕망이 초반부를 이끌어간다. 덕분에 주인공은 스스로 작은 동기를 설정해 법조인의 길을 걷는다.

그러나 이렇듯 조연의 동기가 너무 강력한 탓에 독자는 주인공이 둘이 아닌가 착각하기도 했다. 이 부분은 분명한 약점인데, 연독률에 크게 영향을 미치지 않은 이유는 주인공의 법정 신에서 두드러진 차별점을 보여주었기 때문이 아닐까 추측한다.

현재 연재되고 있는 법정물과 비교해봐도 《리걸 마인드》의 법정 장면은 조금 차별적이다. 실제로 법정에서 다루는 법리가 나오고, 그 법리를 가지고 논리 싸움을 한다. 법정물이 대부분 흥미진진한 상황을 주고 그 상황을 증거로 뒤집는 형태로 전개하는 것을 보면 확실히 다른 점을 느낄 수 있을 것이다. 이렇게 설계하는 것이 무척 힘들긴 했는데, 작가로서 스스로 힘든 길을 선택했다. 5년 넘게 사법시험을 준비하기도 했고, 내가 이해하는 깊이로 법정 공방 장면을 써보고 싶다는 내면의 목소리를 들었기 때문이다.

그 결과 개인적인 목표는 달성했다. 문피아 유료 투데이 베스트에서 9위까지 들었고, 리디북스에선 월간 베스트 4위를 기록했다. 카카오페이지에선 판타지 종합 9위까지 올랐고, 조아라에서도 일주일 정도 유료 투데이 베스트 1위를 차지했다.

다만 다른 법정물과 성적을 비교해보니, 이 작품을 즐길 수 있는 독자의 폭이 좁다는 것을 깨달았다. 독자 수 자체가 적은 이유가 처음엔 법정물이란 장르의 한계 때문이 아닐까 생각했는데, 아니었다. 지금도 연재 중인 《이것이 법이다》 같은 작품은 인기리에 연재되고 있으니 말이다. 원인은 너무 어렵게 접근했기 때문이 아닌가 싶다. 법리에 치중하느라 한 사건을 가지고 한 권 넘게 쓴 경우도 있었는데, 법리는 최소한으로 하고 재판의 승패에 집중해 간결하게 썼다면 좀 더 많은 인기를 얻을 수 있었으리라 생각한다.

여기까지가 내 분석이다. 스스로 분석한 것과 많은 차이가 있었는가? 앞으로 작품을 준비할 때 참고가 되었으면 한다.

· Mission

문피아판 《리걸 마인드》 5화까지 읽어보고 카카오페이지판과 연출 면에서 어떤 차이가 있는지 분석해보자.

많이 묻는 질문

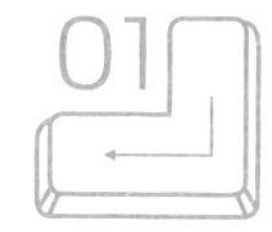

글이 잘 안 써질 때 대처법

8장에서는 많이 묻는 질문 중 첫 번째로 글이 잘 안 써질 때 대처법에 대해 살펴보겠다.

글을 쓰려고 자리에 앉았는데 어제와는 다르게 갑자기 글이 써지지 않을 때가 있다. 습작가든 기성 작가든 할 것 없이 이런 일은 언제나 일어난다. 나 또한 이 문제로 정말 오랜 시간 고민했다.

'대체 왜 글을 쓰지 못하는 것일까?'
'어떻게 하면 이걸 극복할 수 있을까?'

이런 질문을 품고 나를 포함한 작가는 대부분 어떤 경우 글을 쓰지 못하는지 가만히 살펴보았다. 그렇게 약 4년간 다른 작가들과 이야기를 나누고, 스스로 정리해본 원인을 짚어보겠다.

글을 쓰지 못한 날을 떠올려보자. 아침에 일어나 세수를 하고 자리에 앉았는데, 그날 쓸 내용을 아직 결정하지 못했다. 그럼 시놉시스를 준비한다는 명목으로 인터넷 브라우저를 띄운다. 재앙의 시작은 바로 여기에서 비롯한다. 검색은 웹서핑으로 이어지고, 점심시간이 될 때까지 유튜브로 음악을 듣는다. 그리고 점심 식사를 한 이후에는 쉬어야 한다.

조금 쉬어야겠다는 핑계를 대며 드라마를 보거나 게임을 하는 식으로 다른 즐길 거리를 시작한다. 그러다 불현듯 오늘 글을 쓰지 못했다는 사실을 떠올리면 황급히 창을 내리고 한글이나 워드를 띄우지만 원고는 백지 상태다. 아침에 확인했을 때와 달라진 게 전혀 없다. 그렇게 해는 지고 있다. 많은 작가가 이때 하루를 포기하곤 한다. 그리고 다짐한다. 내일은 2편 쓰자. 이왕 이렇게 된 거 오늘은 놀자.

사실 이렇게라도 마음먹으면 그나마 다행이다. 이때부터는 부담 없이 놀 수 있기 때문이다. 하지만 대부분은 글을 써야 한다는 압박 때문에 다시 글감을 찾아 검색을 시작하고, 웹서핑과 드라마, 게임의 무한 루프에 빠져버린다. 이렇게 되면 쉬지는 못하고 스트레스는 계속 쌓여가지만, 정작 1화를 쓰지는 못하게 된다.

웹소설 작가가 되기로 결심한 이후 이런 일상을 보내는 사람이 많다. 이런 악순환이 계속되면 글쓰기가 싫어지고, 건강은 건강대로 망친다.

대체 왜 이런 일이 일어나는 걸까?

내가 짚은 가장 큰 원인은 '쓸 내용이 없어서'다. 정확히 말하면 그날 써야 할 부분을 결정하지 못했을 때 이런 악순환에 빠진다. 매우 상식적인 이야기다. 그래서 그냥 흘려듣기 쉬운데, 이를 간과하면 반드시 이 함정에 빠진다.

여기에 대비하기 위해서는 어떻게 해야 할까? 우선 쓸 것을 만들어야 한다. 어떻게 만드느냐가 해결의 핵심이다. 즉 하나의 에피소드를 어떻게 만들 것인지에 대한 원칙을 세워야 한다는 것이다. 그래서 자리에 앉으면 한 화의 시놉시스를 쓰기 위해 필요한 자료만 검색하는 습관을 들여야 한다. 그리고 이마저 힘들 경우엔 일단 첫 문장을 쓰고 생각하는 습관을 들이면 좋다. 백지에 첫 문장을 쓰면 그 문장이 큰 단서가 된다. 그래서 다음 이야기를 생각하기가 매우 수월해진다. 아무 생각이 없어 큰 틀에 비춰 봐도 정말로 막막할 때는 첫 문장에 의지하는 것도 좋은 방법이다. 세 번째 방법은 직접 소재를 찾아보는 것이다. 내 경험상 소재를 찾을 때 게임보다는 드라마가 낫고, 드라마보다는 웹소설이 낫다. 물론 준비하는 작품의 장르에 따라 달라질 수 있다. 게임 판타지나 현대 레이드물을 준비한다면 게임을 하는 것도 좋은 경험이 될 수 있다. 이들을 통해 클리셰나 에피소드를 참고하는 것인데, 잘못 참고하면 표절 문제가 생긴다는 것을 반드시 유의해야 한다.

나는 이 세 가지를 모두 활용한다. 그날 써야 할 시놉시스를 잡고 첫 문장을 쓴 다음, 지금껏 봐온 에피소드를 떠올리면서 주인공의 이야기로 변형하는 작업을 한다. 이런 과정을 거치면 보통 3~4시간 정도면 한 화를 완성한다. 힘들 때는 5시간 정도 걸린다. 이건 다른 작가들도 거의 비슷하다. 평균 4시간 동안 한 화를 쓴다. 그 이상 걸린다면 문제가 있다.

놀거나 악순환에 빠지지 않음에도 5~6시간, 길면 10시간이 지나도 한 화를 쓰지 못하는 사람들이 있다. 다른 짓을 하면서 시간을 허투루 쓰는 것도 아닌데 왜 글이 써지지 않는 걸까?

대체로 작가가 자신이 쓰는 글에 만족하지 못할 때 글이 막힌다. 흔히 '내 글 구려 병'이라고 하는데, 들어본 적이 있을 것이다. 내 글이 좋지 않다고 생각하는 증상이다. 그 때문에 자꾸만 수정하는 무한 루프를 반복하고 있지는 않은지 스스로 돌아봐야 한다. 내가 어떤 글과 비교하고 있는지 떠올려보자. 대부분 매우 잘 쓴 작품과 자꾸 비교하게 되는 경우인데, 다른 작품과 비교하는 것은 당장 그만두어야 한다. 대신 본인이 쓰는 글과 가장 비슷한 수준의 글로 베스트를 기록한 작품을 눈여겨보아야 한다. 그들이 어떤 전략을 취하고 있는지 살피는 것이 훨씬 도움이 된다.

또 명심해야 할 것이 있다. 글은 쓰면 쓸수록 는다는 것이다. 문장 자체가 차별적인 작품이 있다. 그렇게 쓰려면 오랜 시간 노력해야 한다. 그런 노력 없이 아름다운 문장을 바로바로 써낼 수는 없다. 이걸 한번에 따라 하려고 하니 자신의 글이 자꾸만 별 볼 일 없이 느껴지는 것이다. 여러분은 현재 자신이 쓰고 있는 글에 대해 '지금의 내가 쓰는 수준은 이 정도다' 하고 인정해야 한다. 그렇게 스스로를 인정한 다음 계속 글을 쓰면서 연마해야 한다.

글은 쓰면 쓸수록 는다고 말했다. 여러분도 마찬가지다. 작품을 쓰면 쓸수록 글은 늘고, 한 질 두 질 작품을 쌓아가다 보면 마음속에 품고 있는 기준이 되는 작품과 비슷한 수준이 되어갈 것이다. 그러니 조바심 낼 필요 없다. 이건 과정이다. 그 누구도 문장을 한번에 완성하지 못했다. 이 점을 명심하면 충분히 극복할 수 있을 것이다.

나 역시 이런 함정에 빠질 때가 많은데, 이럴 때 다음과 같은 주문을 왼다.

'나는 그렇게 거창한 글을 쓰는 것이 아니다.'

여러분은 웹소설을 쓴다. 웹소설은 그렇게 거창한 글이 아니다. 베스트에 올라가고 돈을 벌면 벌수록 대단한 글을 쓰고 있다고 착각하곤 하는데, 여러분의 글이 대단하다고 생각하면 생각할수록 부담감이 커진다. '이번 편은 이전에 썼던 것보다 못하면 어쩌지?' 하는 생각이 무겁게 마음을 짓누른다. 그래서 자주 주문을 외면서 마음을 낮추는 습관을 들이면 이런 함정을 피해 갈 수 있을 것이다.

이 밖에도 글이 써지지 않는 이유가 많을 것이다. 이를 극복하는 요령은 스스로 '왜 글이 써지지 않을까?' 하는 질문을 하고 끊임없이 고민하며 노력하는 것뿐이다. 잠시 쉬는 것도 방법이 될 수 있고, 끊임없이 습작하는 것도 방법이 될 수 있다. 계속 고민하고 방안을 생각해본다면 분명 극복할 수 있을 것이다.

플랫폼 공략법

이번에는 플랫폼 공략법에 대해 알아보겠다. 1장에서 언급한 적이 있는데, 남성향 판타지에서 주목해야 할 플랫폼은 두 가지라고 했다. 하나는 조아라고, 다른 하나는 문피아다. 두 오픈 플랫폼 중 가장 먼저 공략해야 할 곳은 문피아다. 가장 큰 이유는 베스트 산정 기준 때문이다.

문피아의 베스트 산정 기준은 단순하다. '24시간 이내에 연재한 편수 중 조회 수가 가장 높은 편의 조회 수'만 베스트 지수로 인정한다. 그래서 하루에 10편, 20편씩 올린다 해도 이들 조회 수를 합산하는 게 아니라서 한꺼번에 많이 올리는 게 의미가 없다. 조회 수 100짜리 10편을 올리는 것보다 조회 수 110짜리 1편을 올리는 게 더 높은 순위로 인정받기 때문이다. 이건 작가들에게 매우 유리한 조건이다. 하루에 1편씩만 올려도 순위를 유지할 수 있으니까.

또 독자에게도 좋다. 연재할 때 최신편의 조회 수를 올리기 위해서는 연독률이 높아야 한다. 연독률이 높다는 것은 많은 독자가 최신화까지 재미있게 읽어나간다는 것을 의미한다. 재미없는 작품은 이런 기준에서 베스트를 기록하는 게 거의 불가능하다. 제아무리 배너를 올리고 광고를 해도 24시간 이내에 올라온 최신화의 조회 수에 영향을 주려면 일단 연독률이 뒷받침해야 한다. 1화를 읽은 사람들이 최신화까지 따라와야 한다는 것이다. 그러기 위해서는 그 이전 화가 전부 재미있어야 한다. 그렇지 않으면 중간에 다 떨어져나가서 베스트 지수에 반영되지 못할 테니 말이다.

장점은 또 있다. 베스트 지수를 올릴 수 있는 방법이 재밌는 글을 매일 연재하는 것뿐이기 때문에 기성 작가와 같은 조건에서 경쟁할 수 있다. 문피아에서는 기성 작가가 그렇게 많이 유리하지 않다. 작가 연재란에 연재하면 초반부 조회 수가 3,000~4,000 정도 확보되기는 하는데, 이는 제목으로 커버할 수 있다. 이런 이유로 처음 연재하는 신인이 자유 연재란에서 바로 베스트를 점령하는 경우도 종종 볼 수 있다.

그리고 선독점이라는 좋은 제도가 있다. 카카오페이지와 네이버시리즈에서 이벤트를 받으려면 독점을 걸어야 한다. 독점 기간은 기본적으로 연재 기간 전체이고, 보통 완결 후 2~3개월까지다.

하지만 문피아는 100화까지만 독점을 강제하고 그 이후부턴 다른 플랫폼에 걸 수 있다. 카카오페이지에 런칭하는 것은 문피아 정책으로 막고 있지만, 네이버와 리디북스, 조아라에는 런칭 가능하다. 이때 목돈을 받을 수 있다고 언급한 바 있다. 에이전시의 교섭력에 따라 규모가 달라지지만 크든 작든 네이버에 들어갈 때 프로모션을 받기 때문에 좋은 성적을 거두는 경우가 많다. 리디북스에 들어갈 때도 마찬가지다. '오늘 리디의 발견' 프로모션을 오리발이라고 하는데, 이 오리발과 '기다리면 무료'에 들어가면 홍보 효과가 좋아 이것만으로 베스트를 기록할 기회를 얻을 수 있다.

이렇게 다른 플랫폼에 런칭하면 그 이후부터는 동시 연재가 가능하기 때문에 연재 수익이 두 배 이상 늘어난다. 독점으로 연재하는 것보다는 여러 플랫폼에 동시 연재하는 것이 작가에겐 유리하다.

하지만 플랫폼은 독점을 원한다. 그래야 독자에게 플랫폼을 어필할 수 있기 때문이다. 이런 이유 때문에 플랫폼들은 독점을 걸 경우에만 프로모션 혜택을 준다. 하지만 문피아에서 연재할 경우에는 자연스레 동시 연재가 가능하고, 이때 수익이 필연적으로 늘어나므로 작가에게 유리하다. 다만 가장 큰 시장인 카카오페이지에 들어갈 수 없다는 것이 아쉬운 점이다.

문피아를 이용할 때 얻을 수 있는 네 번째 장점은 연재에서 실패해도 두 번째 기회가 있다는 것이다. 보통 연재 성적을 판단할 때 50화를 기준으로 살핀다. 50화까지 연재해 투데이 베스트 20위에 들고, 최신화까지 최소 1만 명의 독자가 따라온다면 유료 연재 준비를 한다. 여기서 잠깐, 왜 1만 명을 기준으로 삼을까?

무료에서 유료 연재로 넘어갈 때는 보통 10%의 독자가 따라간다. 1만 명의 10%는 1,000명이다. 한 회당 1,000명의 독자가 있다면 매일 연재한다는 가정하에 한 달 매출이 300만 원 정도 되고, 여기서 문피아 기본 정산율은 63%이기 때문에 작가가 189만 원 정도 받을 수 있다. 189만 원이면 법정 최저임금보다 조금 높은 수준이다. 적어도 이 정도는 받아야 글을 쓰는 의미가 있다. 그래서 보통 1만 명을 기준으로 판단하는 것이다.

실제로 100화 이후 글이 다른 플랫폼에 풀리면 수입이 두 배 이상 늘어나기 때문에 최종 수입은 300만~400만 원 이상이라고 생각하면 된다. 문피아 유료 순위 10위에는 들지 못하겠지만, 적은 수입은 아니다.

1만 명의 무료 독자 모집에 실패해도 여러분에게는 두 번째 기회가 있다. 바로 조아라에 연재하는 것이다.

조아라는 문피아와 베스트 정책이 다르다. 일단 투데이 베스트를 산정하는 기간이 당일 0시부터 24시까지다. 이 기간에 올린 모든 편수에 대해 지수를 계산하는데, 용량, 조회 수, 추천 수, 평점, 선호작 등록 수가 반영된다. 여기서 평점은 큰 영향을 미치지 않고, 선호작 등록 수에 가장 큰 점수가 매겨진다. 가중치는 편수가 많아질수록 떨어지긴 하는데, 조회 수, 선호작 수 등의 지표가 그대로 합산되기 때문에 하루에 1편씩 올려서는 2편 이상씩 올린 작품을 따라잡기 힘들다. 즉 문피아에서처럼 매일 1편씩 올리는 정도로는 조아라에서 베스트에 올라가기가 매우 어렵다.

반대로 이야기하면, 조아라에 매일 하루에 3편 이상 올릴 수 있다면 문피아보다 훨씬 쉽게 베스트를 기록할 수 있다는 뜻이다. 그래서 남성향 판타지를 준비하는 작가는 먼저 문피아에 연재해보고, 반응이 별로 좋지 않았을 경우 자체 수정을 거친 후 조아라에 올린다. 이때는 하루 3편씩 꾸준히 올려보는 것이 좋다. 하루 3편씩 올리면 17일 정도면 결과를 알 수 있고, 이때 상당 기간 베스트 10위권에 들면 에이전시에서 컨택을 받을 수 있다.

조아라 독자의 성향은 카카오페이지와 유사하기 때문에 조아라 베스트를 공략했다는 기록은 카카오페이지 심사에서 유리하게 작용할 수 있다. 다만 최근에는 조아라 판타지 독자가 줄어들어 예전만큼 중요하게 판단하지는 않지만, 에이전시 PD의 도움을 받으면 단번에 카카오페이지 '기무 3종 세트' 프로모션을 노릴 수 있다. 이건 굉장히 매력적인 부분이다. 작품에 따라서는 다른 3사 플랫폼에서 동시 연재하는 것과 비슷하거나 더 좋은 성적을 낼 수도 있으니 말이다. 그만큼 카카오페이지 시장이 크다.

연재 전략 세우기

앞에서 살펴본 플랫폼의 특성을 토대로 구체적인 연재 전략을 세워 보자.

먼저 문피아에 연재할 때는 매일 하루 1편씩 연재한다. 예전에는 주 5회 연재만으로도 베스트 공략이 가능했는데, 지금은 경쟁이 심화되어 최소 주 6회는 해야 한다. 대부분이 주 7회 연재한다는 점을 참고하자. 매일 연재가 중요한 가장 큰 이유는 연독률 때문이다. 작품이 아무리 훌륭해도 매일 연재하지 않으면 연독률이 떨어진다.

사실 매일 연재해도 연독률은 조금씩 떨어진다. 중간에 한번 끊기면 급격히 떨어지고 회복되지 않는다. 그래서 매일 연재하지 않으면 작품이 별로여서 실패한 건지, 아니면 단순히 매일 연재를 안 했기 때문에 실패한 건지 분석할 수 없다. 노력을 했어도 그 노력을 정당하게 평가하지 못해 다음 대책을 세울 수 없는 것이다.

어떤 플랫폼이든 매일 연재는 기본이다. 여기에는 타협점이 없다. 이렇게 매일 50일간, 즉 두 달여 동안 문피아에 매일 연재하면 결과가 나온다. 투데이 베스트 20위권에 들면 거의 성공한 것이고, 이때 컨택해온 에이전시를 선택해 유료 연재를 준비하면 된다.

하지만 여기서 실패하면 다시 한번 작품을 검토한 다음 조아라에 올려본다. 이때도 연재는 매일 해야 한다. 조아라는 올리는 시간도 신경 써야 한다. 매일 24시에 초기화되기 때문에 자정 넘어서 하루 3편씩 올리는 것을 추천한다.

왜 3편씩이냐면, 대부분 문피아에서 연재를 성공하고 100화를 넘겨서 선독점이 풀린 작품이 조아라에 들어올 때 무료분을 3편씩 연재하기 때문이다. 이들과 경쟁하려면 최소 3편씩 올려야 한다. 자신 있다면 줄여도 되지만 만약 경쟁할 자신이 없다면 하루에 올리는 편수를 늘리면 된다.

또 한 가지 알아둘 점은, 조아라에서 베스트 지수를 매기는 기준은 작품이 20화 이상 등록되었을 때부터라는 것이다. 그래서 매일 3편씩 연재하더라도 일주일이 되기 전까지는 투데이 베스트에 올라갈 수 없다. 이 시간을 단축하고 싶다면 20화를 한 번에 올리는 것도 방법이다. 다만 작품을 등록한 첫날은 베스트 산정에서 빠진다는 속설이 있어서, 첫날은 1~2편만 올리고 다음 날 20개를 채워서 올리는 작가도 많다. 물론 이렇게 단적으로 몰아 올리는 경우엔 연독률이 적나라하게 드러난다는 점은 각오해야 한다.

컨택을 받기 위해서는 조아라든 문피아든 투데이 베스트에 올라야 한다. 투데이 베스트에 오른 날짜만큼 독자 수와 선호작 수가 늘어난다. 조아라의 경우 일종의 꼼수가 있긴 하지만 결국 작품이 좋아야 돈을 벌 수 있다. 중간에 연독률이 떨어지면 카카오페이지에 들어가 이벤트를 다 받아도 200만 원도 못 받는 경우가 생긴다.

결국 돈을 벌기 위해서는 작품이 좋아야 한다. 좋은 작품은 조아라에서 매일 1편씩만 연재해도 베스트 정복이 가능하다. 좋은 작품을 쓰는 방법에 대해선 2장부터 6장에 걸쳐 정리했다. 여기서 매일 연재는 그렇게 준비한 좋은 작품으로 베스트를 찍을 수 있는 '기본기'라고 보면 된다. 이 기본기를 충실히 실행하면 베스트를 정복함과 동시에 높은 수익도 얻을 수 있을 것이다.

이번 파트에서 소개한 연재 팁은 로판을 준비하는 사람에게도 그대로 적용할 수 있다. 조아라 플랫폼을 이용하기 때문이다. 20화까지는 베스트에 들지 않기 때문에 1편씩 올려도 된다. 하지만 20화 이후부터는 최소 2편씩은 올려야 순위를 유지할 수 있다.

승부는 대개 40화 이내에 난다. 이때 선호작 수가 1만 5,000에 근접해야 카카오페이지 '기다리면 무료'를 약속받고 컨택받을 수 있다.

그 밖에 북팔이나 네이버 챌린지리그에서 로맨스를 연재하고자 하는 사람은 매일 연재 원칙만 명심하면 된다. 결국 매일 연재가 모든 플랫폼을 공략하는 데 기본이 되는 원칙이라고 할 수 있다.

참고로 현대 로맨스는 분량이 짧기 때문에 투고하는 경우도 많다. 기본기가 있다고 판단되면 PD를 붙여 작품 전체를 수정한 뒤 카카오나 네이버에 올린다.

계약할 때 반드시 체크해야 하는 사항

이번에는 작품이 베스트에 올라 컨택을 받았을 경우에 대처하는 방법과 계약할 때 반드시 체크해야 하는 사항에 대해 살펴보겠다.

에이전시에서 제안을 받으면 기분이 좋다. 그것도 첫 제안인 경우엔 더욱 기쁘다. 하지만 그렇다고 덜컥 계약하면 곤란한 상황에 처할 수 있다. 어떤 경우를 조심해야 할까?

가장 먼저 10화 이내에 제안이 들어오는 경우를 조심해야 한다. 이때는 바로 계약해선 안 된다. 아직 그 작품이 베스트에 올라갈지 확인할 수 없는 상황이기 때문이다. 성적이 불확실한 작품을 가지고 계약하면 십중팔구는 작가가 손해 본다. 매출이 얼마가 나오든 완결을 내야 하는 일이 발생할 수 있기 때문에 신중해야 한다.

앞으로 경험해보면 알겠지만, 인기 있는 작품을 쓰는 것과 독자 반응이 없는 작품을 쓰는 데 필요한 노력은 같다. 따라서 같은 노력으로 인기 있는 작품을 쓰는 것이 낫다. 그래서 40화 전후로 계약 시기를 잡아야 한다. 보통 50화에서 유료 연재 여부를 결정한다. 그때까지 투데이 베스트 20위에 들어 최신화 독자 수가 1만 명 이상이라면 그대로 계약을 진행하면 된다.

예외적으로 초기에 골든베스트 1위를 기록하는 경우도 있다. 이때는 25화 정도에서 유료로 넘어가는데, 20화쯤에서 계약하면 무리가 없을 것이다.

이처럼 작품의 성과를 확인한 이후, 유료 연재에 임박해 계약하는 것이 가장 좋다.

두 번째로 조심해야 할 부분은 에이전시에서 내거는 조건이다. 플랫폼 수수료를 제외한 순 매출을 기준으로 작가가 7, 에이전시가 3, 이렇게 7:3 계약이 표준이다. 이보다 안 좋은 조건을 제시한다면 다음 세 가지 경우에 해당한다.

① 선인세를 크게 준다거나, ② 그에 상응하는 조건, 예를 들면 출판을 해서 권당 인세를 준다는 등의 조건이 달려 있는 경우다. 둘 다 아니면 ③ 작품의 성적이 좋지 않은 경우다.

권당 인세를 받고 6:4로 계약하는 것도 나쁜 선택은 아니다. 하지만 이런 조건 없이 6:4로 계약하는 건 좋지 않다. 간혹 그래도 계약하는 게 더 낫다고 생각하는 사람이 있는데, 십중팔구 나중에 후회한다. 6:4 조건을 내걸 정도면 앞에서 언급한 기준, 즉 최신화 독자 수 1만 명을 충족시키지 못한 경우가 많다. 이러면 계약금으로 받은 선인세도 정산하기 힘들다. 따라서 계약할 거라면 작품의 성적을 끌어올려 7:3으로 계약하길 권한다. 작품 성적이 좋을 때는 7:3보다 더 유리한 조건으로 컨택하는 에이전시도 있다.

이때는 독소 조항이 없는지, 요율이 순 매출 기준인지 아니면 총 매출 기준인지 잘 확인해야 의도치 않은 손해를 보지 않을 수 있다. 총 매출이란 플랫폼 수수료를 떼지 않은, 독자들이 작품에 지불한 금액 전체를 의미한다. 총 매출 기준으로 8:2로 하는 계약은 순 매출 기준 7:3으로 정산하는 것에 비해 그다지 유리하지 않다. 본진이라고 할 수 있는 문피아 정산율이 63%이기 때문이다. 표면상으로는 70% 정산해준다고 하지만 결제사 수수료 10%를 작가에게 부담시키기 때문에 작가는 63%만 받는다. 해서 해당 에이전시가 총 매출에서 20%를 떼면 작가가 받는 최종 요율은 43%다. 하지만 표준 요율로 받으면 44.1%를 받을 수 있다. 그래서 요율 기준이 총 매출인지 순 매출인지 잘 확인해야 한다.

이어서 로판 분야를 살펴보겠다. 로판은 남성향 판타지와 기본 요율이 같다. 순 매출 기준 7:3이 기본이고, 조아라에서 선작 1만 5,000을 찍어야 카카오 '기무 3종 세트' 프로모션을 받을 수 있다. 1만 5,000에 조금 못 미쳐도 가능한 경우가 있는데, 크게 못 미치면 연재처가 바뀐다. 카카오 대신 네이버시리즈에 런칭하는 것이다. 이때 요율도 반드시 순 매출 기준 7:3인지 확인해야 한다.

로맨스는 조금 다르다. 로맨스는 작품의 길이가 100화 이내로 짧고, 전문 PD가 붙어서 처음부터 끝까지 수정하는 경우가 많다. 이렇게 전문가가 붙는 경우가 많기 때문에 보통 6:4로 계약한다. 인건비 때문에 10%가 더 붙는 셈이다. 하지만 감수하지 않거나 카카오페이지, 네이버시리즈, 리디북스의 메인 프로모션을 받기로 확정되었거나 에이전시에 전속한다는 조건이 붙으면 7:3으로 계약한다. 정산 요율은 이 정도로 정리하겠다.

세 번째로 살펴야 할 부분은 에이전시의 영업력이다. 영업력은 매우 중요하다. 영업력에 따라 프로모션 여부와 규모가 결정되는데, 매출액 또한 달라진다. 받을 돈의 액수가 달라지는 문제니 엄청나게 중요한 셈이다.

에이전시의 영업력을 확인하려면 각 플랫폼 검색창에 에이전시 이름을 쳐보면 된다. 해당 에이전시 소속 작품이 얼마나 좋은 성적을 거두고 있는지, 몇 작품이나 대박을 쳤는지 확인해보자.

영업력이 떨어지는 에이전시는 다운로드 수나 독자 수가 현저하게 적은 작품이 많다. 프로모션을 걸지 못해 방치하는 것이다. 이런 에이전시는 주의해야 한다. 프로모션 제안이 실패할 확률이 그만큼 높기 때문이다. 또 아무리 좋은 조건을 내걸어도 프로모션을 걸지 못하면 매출은 바닥이라는 점도 유념하자.

계약서에 서명하기 전에

지금까지 에이전시를 고를 때 주의할 점을 살펴보았다. 계약 시기와 조건, 에이전시의 영업력을 눈여겨봐야 한다고 했다. 그럼 이들과 계약할 때 계약서에 서명을 할 텐데, 이때 어떤 것을 주의해야 하는지 짚어보겠다.

가장 중요한 건 계약 조건이다. 순 매출 기준 7:3이 업계 표준이라고 언급했다. 이 점을 먼저 확인해야 한다.

두 번째는 계약 기간이다. 보통 계약 작품의 완결 후 2년에서 3년 정도로 계약하는데, 여기서 자동 연장 조항은 수정할 필요가 있다. 에이전시가 작품에 신경 써주지 않는 경우, 이런 자동 연장 조항 때문에 소속사를 바꾸지 못하는 예가 많다. '계약 기간 만료 1개월 전에 에이전시가 통보한다'는 조건을 넣거나 '이후 작가의 의사 표시로 언제든지 해지할 수 있다'는 내용을 첨가하면 자동으로 연장됨에 따라 입는 손해를 예방할 수 있다.

세 번째 유의할 점은 계약금으로 인세를 받는지, 선인세를 받는지 명확하게 확인해야 한다는 것이다. 인세와 선인세는 다르다. 인세는 되돌려주지 않아도 되는 돈이지만, 선인세는 매출이 발생했을 때 정산하는 돈이다. 공모전의 경우 상금으로 선인세를 주는 경우가 많다. 선인세는 가불이라 생각해야 한다. 일종의 빚이기 때문에 선인세를 크게 받는 건 양날의 검이 될 수 있다.

네 번째는 전속 계약과 작품 계약을 구분해야 한다. 전속 계약은 일정 기간 쓰는 모든 작품을 계약한다는 내용이다. 이런 경우 작가 수입 요율이 조금 올라가는 등의 대우를 받을 수 있지만, 신인 작가에게는 권하지 않는다. 본인의 몸값은 결국 작품의 성적에 따라 결정되는데, 첫 작품에서 전속 계약을 맺으면 안 좋은 조건에 오랫동안 묶일 수 있다. 이 부담감 때문에 글을 못 쓰는 경우도 많다. 그러므로 되도록 첫 작품은 작품 계약을 하는 게 좋다. 작품이 잘되면 다음 작품 계약을 할 때 7:3보다 좋은 조건에 계약하는 경우도 있다는 점에 유의하자.

다섯 번째는 2차 저작물에 대한 계약이다. 2차 저작물을 제작할 수 있는 권리를 부가 판권이라고 하는데, 되도록이면 부가 판권에 대해선 약정을 하지 않는 게 좋다. 어차피 작품이 잘되면 웹툰이나 드라마 제작 섭외가 들어온다. 이는 약정 여부와는 상관이 없다. 작품이 대박을 치면 웹툰이나 드라마로 만드는 것은 정해진 수순이다. 이왕이면 잘된 이후 교섭하는 것이 더 유리하다. 아직 성적이 나오기 전에 약정을 하면 에이전시 입맛대로 약정할 수밖에 없으니 말이다.

이상으로 계약서에 서명하기 전 유의 사항을 살펴봤다. 어떤가? 계약할 생각을 하니 벌써부터 설레지는 않았는지 모르겠다. 그러나 나는 계약과 관련한 이야기를 할 때면 마음이 좀 무겁다. 이 업계의 어두운 면을 짚어야 하기 때문이다. 카카오페이지에서 프로모션을 받기 위해서는 수수료를 45%나 내야 한다는 점도 그렇지만, 문피아 수수료에도 문제가 있다.

문피아에서 유료 연재를 할 때 작가가 작품을 쓰고 그것을 그대로 연재 게시판에 올린다. 이 과정에서 에이전시가 하는 역할은 전혀 없다. 하지만 에이전시와 계약을 하면 문피아에서도 수수료를 떼는 경우가 있다.

광고나 홍보 명목을 이야기하는데, 이는 이유가 안 된다. 문피아에서 광고 효과는 거의 없기 때문이다. 작가가 쓰고 직접 올리는데 왜 수수료를 내야 하는지 해명할 여지가 없다. 나는 작가로서 이 부분에 대해 적극 항의해야 한다고 생각한다. 그래서 에이전시들이 그들이 일하는 한도 내에서만 수수료를 받아야 한다고 생각한다.

업계에서는 이 문제에 대해 잘 드러내지 않는 편이다. 항의를 하면 문피아가 강제한다고 핑계를 대기도 하는데, 말도 안 되는 이야기다. 자신들이 받는 수수료에 대해 무슨 권리로 그런 이야기를 할까? 정말 그런 일이 있다면 법적으로 대응해야 할 문제다.

그래서 작가들은 이 부분에 대해 지속적으로 문제를 제기해야 한다. 에이전시가 일하지 않는 영역에 대해 수수료를 요구하는 건 부당하다고 지적해야 한다. 무엇보다 작가의 이권과 관련된 내용이고, 이를 눈감아주다 보면 작가의 권리는 계속해서 작아질 것이기 때문이다.

종합해보면 카카오페이지를 선택하든 문피아를 선택하든 장점과 단점이 있다. 플랫폼과 에이전시는 전적으로 작가 편이 아니라는 데 주의해야 한다. 여러분은 작가에게 이익이 되는 것이 무엇인지 잘 파악하고 선택해야 한다. 또 현명한 선택을 하기 위해서는 좋은 작품을 쓰는 게 최우선이다.

지뢰를 피하라!

이번에는 지뢰를 피하는 방법에 대해 살펴보겠다. 연독률이 급격히 떨어지는 부분을 '지뢰'라고 하는데, 어떻게 하면 이 지뢰를 피할 수 있을지 살펴보자.

작품을 연재하다 보면 간혹 한창 성적이 상승세를 타고 있는데, 특정 편을 기점으로 조회 수가 쭉 떨어지는 경우가 있다.

예를 들면 주인공의 여자 친구, 그러니까 히로인이 적에게 성폭행당하는 장면이 나온다. 매우 극단적이고 자극적인 장면이다. 작가 입장에서 이런 에피소드를 쓰는 이유는 적 캐릭터에게 복수하는 모습을 보여주기 위해서다. 복수에 성공해 시원하게 사이다를 주려는 것이다.

하지만 그 이전에 나오는 위기, 즉 고구마 부분이 너무 심하다. 히로인이 성폭행당하는 장면은 그 자체로 독자에게 큰 불편함을 준다. 또 작품 속 캐릭터에도 치명적인 오점을 남긴다. 주인공과 히로인 모두에게 돌이킬 수 없는 상처를 준 셈이기 때문이다. 그래서 대다수 독자는 이전까지 아무리 재미있었어도 그만 보게 된다.

실제로 골든베스트 1위를 찍고 유료 연재를 개시한 작품이 이런 식으로 전개했다가 연독률이 70% 이상 꺾였다. 정말 무섭지 않은가? 하루에 20만 원 이상 매출을 올리던 작품이 6만 원 이하로 떨어졌으니 말이다. 이렇게 연독률이 급격하게 하락하는 지점을 '지뢰'라고 부른다. 이야기를 전개하기 위해 무리하게 에피소드를 설계하고 진행하다 보면 지뢰를 밟게 되는 것이다.

지뢰는 주인공의 매력이 극단적으로 반감되는 지점이다. 앞에서 주인공의 매력은 강한 힘이라고 했다. 그리고 주인공의 공통적인 성향도 살펴보았다. 지뢰는 이들과 정면으로 배치되는 장면을 연출할 때 나타난다. 앞선 예처럼 히로인이 성폭행당하는 장면이 대표적이다. 주인공의 힘이 약해지는 장면도 마찬가지로 분류할 수 있다.

현재 순위권에 오른 작품 중 비교적 연식이 있는 작품에서도 찾아볼 수 있다. 박새날 작가의 《템빨》 초반에 이런 장면이 나온다. 주인공이 새로운 직업을 얻는 대신 레벨이 초기화되는 장면이다. 이 부분의 독자 반응을 보면 쉽게 이해할 수 있을 것이다. 엄청난 반발과 욕설 등이 이 장면에 댓글로 붙어 있다. 가만히 댓글을 보면 해당 부분을 발암 내지 진입 장벽이라고 표현하고, 여기만 넘기면 재미있다고 한다. 그만큼 독자가 넘기기 힘든 부분이라는 것이다.

그 밖에도 지뢰가 될 만한 장면은 많다. 주인공이 소중하게 생각하는 아이템을 잃어버린다든가, 소중한 사람이 죽는다든가, 주인공이 장애인이 된다든가. 전부 주인공의 매력이 반감되는 부분이다. 사이다를 주기 위해 위기를 만들어낼 때 이런 일이 발생한다. 그래서 위기를 설계할 때는 몇 가지 지침이 필요하다.

첫 번째는 돌이킬 수 없는 사고를 유발해선 안 된다. 상처 중에는 쉽게 아무는 상처가 있는 반면, 흉터가 남는 상처가 있다. 이렇게 지울 수 없는 흉터를 남기면 안 된다.

두 번째는 위기를 구체적으로 드러내는 장면을 되도록 보여주지 않아야 한다. 이는 연출법 부분에서 이야기한 적이 있다. 요약 서술법으로 간단하게 훑거나 전제된 사실로 취급하면 된다.

세 번째는 다른 작품을 읽으면서 지뢰로 판단되는 에피소드를 직접 수집해본다. 문피아에서 연재되는 베스트 작품을 보다 보면 지뢰를 밟는 작품을 종종 발견할 수 있다. 이런 사례를 직접 수집해보면 집필할 때 실수하는 일이 많이 줄어들 것이다.

제목 짓는 방법과 하루 2편씩 쓰는 비법

제목은 어떻게 짓는 게 좋을까?

제목은 매우 중요하다. 독자는 작품을 보기 전에 제목부터 본다. 제목을 보고 이 작품을 볼지 판단한다고 해도 과언이 아니다. 그렇다면 제목을 어떻게 지어야 할까?

힌트는 역시 베스트 작품에서 발견할 수 있다. 순위권에 오른 작품 제목을 확인해보면 한 가지 공통점을 발견할 수 있는데, 제목이 곧 코드를 설명한다는 것이다. 2장에서 코드에 대해 정의한 바 있다. 코드는 독자가 작품을 보는 이유라고 했다. 바로 이 점을 제목에 반영해야 한다.

독자가 작품을 보는 것은 주인공에게 몰입해 대리만족을 느끼기 위해서다. 그러기 위해서는 주인공이 매력적이어야 한다. 이런 점을 종합해보면 '주인공의 매력을 어필할 수 있는 부분을 제목에 쓰면 된다'는 결론에 이른다.

그래서 제목을 지을 때 주인공의 매력을 집약적으로 드러낼 수 있도록 하면 된다. 너무 어려운 단어는 피하는 것이 좋고, 좀 길어도 괜찮다. 베스트 작품 제목을 참고하면서 지어보면 금방 감을 잡을 수 있을 것이다.

어떻게 하면 하루에 2편을 쓸 수 있을까?

하루에 1편을 쓰는 것도 힘든데, 어떻게 하면 하루에 2편을 쓸 수 있을까? 그 답은 8장 1파트에서 언급한 '글이 잘 안 써질 때 대처법'과도 연결되어 있다. 하루에 2편을 쓰기 위해서는 일단 1편을 쓰는 방법에 대해 스스로 정리되어 있어야 한다는 것이다. 보통 1편을 쓰기 위해 어떤 과정을 거치는지 정리하지 않으면 어느 순간 인터넷 웹서핑이나 고뇌에 빠진 채 시간만 보내기 때문이다.

내가 1편을 쓰는 과정은 이렇다. 먼저 전날 쓴 부분을 차분히 읽어본다. 이를 통해 오늘 써야 할 부분에 대한 영감을 얻는다. 내용이 이어진다면 이것만으로도 쉽게 영감을 얻을 수 있다.

하지만 새로운 내용으로 시작해야 할 때는 노트를 본다. 이 노트에는 그동안 주인공이 거쳐온 과정을 연표로 간단하게 정리해둔다. 굳이 전편을 다 읽어보지 않아도 어떤 루트로 가고 있는지 한눈에 확인할 수 있다. 그래서 나는 여기에 정리가 채 되지 않은 부분을 정리하고, 다음에 뭘 쓸지 적어본다. 이것으로 큰 방향을 설정한 다음 구체적인 시놉시스를 작성한다. 시놉시스 작성 요령은 이미 언급했다. 주인공이 달성해야 할 목표를 결정하고 에피소드를 만든 다음 연출을 고려해서 쓰는 것이다. 이런 식으로 시놉시스를 쓴 다음, 집필하기 시작해서 완성한다.

이 과정을 숙지하는 것이 매우 중요하다. 하루에 2편을 쓰기 위해서는 이 과정 중 하나라도 빠지면 안 된다. 중간에 다른 이유로 시간을 보내면서 대충 과정을 건너뛰겠다고 마음먹으면 안 된다는 것이다.

첫 번째, 전편까지 내용 확인

두 번째, 앞으로 방향 설정

세 번째, 시놉시스 작성

네 번째, 집필

이 과정을 차근차근 거쳐야 한다. 대개 하루 2편 쓰기에 실패하는 이유는 1편을 완성하지 못하기 때문이다. 귀찮다는 이유로 이 과정을 건너뛰려고 하는 순간, 리듬이 무너지고 부담이 생기면서 글이 나오지 않는 것이다.

글을 못 쓰는 이유는 단순하다. 쓸 것이 없기 때문이다. 그래서 쓸 것을 만든다는 목표를 가지고 하루를 보내야 한다. 이 과정에서 쓸데없는 일에 몰입하면 하루를 그냥 버린다. 그래서 하루 일과를 정형화하는 건 매우 중요하다.

자, 이제 정리하겠다. 하루 2편을 쓰는 건 1편을 쓰는 과정을 두 번 반복하는 것이다. 첫 편을 잘 썼다고 바로 시작하면 똑같은 함정에 빠질 수 있다. 다른 일에 집중해 시간만 보내게 된다. 이를 피하기 위해서는 두 번째 편도 같은 과정을 거쳐야 한다. 지금까지 거쳐온 과정을 고려해 방향을 설정하고, 설정한 방향대로 에피소드를 만든 다음, 연출법을 생각해 이를 토대로 시놉시스를 작성하고 완성해야 하는 것이다.

여기서 주의할 점은 하루를 시작할 때 '오늘은 꼭 2편 써야지!' 하고 다짐하면 실패하기 쉽다는 것이다. 그러면 압박감 때문에 집중하기 힘들어진다. 대신 '일단 빨리 하나를 쓰자'라고 마음먹는 것이 좋다. 그 이후 몇 시까지 쓴다고 목표를 세우면 효과가 더 좋다. 굉장히 당연하고 상식적인 이야기다. 굳이 이런 설명을 듣지 않아도 잘 쓰는 사람이 있을 것이다. 하지만 어느 순간 글이 막히고 뒤에 이어질 내용을 쉽게 쓰지 못한다면 참고할 필요가 있다. 글이 안 써지는 순간은 생각보다 가까이 있다.

하루에 2편씩 쓸 수 있는 능력을 기르는 건 매우 중요한 일이다. 이 능력을 길러야 이 일을 잡(job)으로 삼을 수 있다.

연재 팁에서 짚은 적이 있지만, 경쟁을 하기 위해서는 최소 주 6회 연재해야 한다. 만약 하루에 1편밖에 쓸 수 없다면 주 6일을 쉬지 않고 일해야 하는 셈이다. 그리고 경쟁자들은 주 7회 연재한다.

이렇게 주 6일이나 주 7일 일하면 어떨까? 그것은 인간의 삶이 아니다. 야근을 밥 먹듯 하는 근로자의 삶보다 더 힘들고 야박하다. 하지만 하루에 2편씩 쓸 수 있다면 이야기는 달라진다. 일주일에 3일만 일해도 주 6회 연재가 가능하고, 4일 일하면 비축분을 쌓을 수 있다. 비축분을 10회 이상 쌓으면 마음 놓고 휴가를 다녀올 수 있다.

웹소설 작가는 주 7회 일해야 한다고 말하는 사람도 있지만, 내 생각은 다르다. 이 일을 직업으로 삼으려면 짧은 휴식도 필요하고 긴 휴가도 필요하다. 이를 위해서는 반드시 하루에 2편씩 쓸 수 있는 역량을 길러야 한다.

처음에는 쉽지 않을 것이다. 나 역시 너무 힘들어 4년 차에 접어들었을 때 비로소 가능했다. 또 독자에게 어필할 수 있는 한 화의 형태를 익히는 것이 우선이기 때문에, 형태를 잡는 데 더욱 많은 노력을 기울여야 한다.

하지만 형태에 익숙해지면 하루에 2편 쓰는 훈련을 해야 한다. 그래야 이 일을 오랫동안 할 수 있다. 이 일을 평생 직업으로 삼기 위한 필수 조건이다.

이번 장에서는 전체적으로 좀 가벼운 주제를 다루었다. 상식과 기본에 대한 이야기였다. 하지만 글을 쓰다 보면 자주 놓치는 부분이기 때문에 많은 사람이 흔히 의문을 품는 부분이기도 하다. 이상의 내용이 적절한 답변이 되었으면 좋겠다.

《논어》에 이런 말이 있다. '知之者 不如好之者 好之者 不如樂之者(지지자 불여호지자 호지자 불여락지자).' 아는 이는 좋아하는 이만 못하고, 좋아하는 이는 즐기는 이만 못하다는 뜻이다. 한 번쯤은 들어봤을 것이다. 이 말의 방점은 '즐기다'에 찍혀 있다. 결국은 즐기는 자가 모두를 이긴다는 뜻이니 말이다.

하지만 세상이 그런가? 과연 우리가 사는 세상에서 즐기는 자가 항상 이기는가? 아니다. 즐기기만 해서는 경쟁에서 이길 수 없다. 시장에서 살아남을 수 없다는 말이다.

그런데 웹소설 분야의 문을 두드리는 사람들 중에는 이 논어의 문구를 가슴속에 품은 이들이 많다. 즐기면서 돈을 벌 수 있는 분야라고 생각하는 것이다. 하지만 이 분야에서는 즐기는 정도로만 해서는 돈을 벌 수 없다. 노력을 많이 해야 된다. 나도 데뷔하기까지 1년 반이란 시간이 걸렸다. 그 당시 나는 아르바이트를 병행하면서 글을 썼다.

내 생각엔 앞에서 언급한《논어》의 어구엔 노력이라는 말이 빠져 있는 것 같다. 아는 것과 좋아하는 것, 즐기는 것은 각각 노력을 받아들이는 단계를 의미한다고 생각한다. 내 식대로 풀어보면《논어》의 말은 이런 의미가 된다.

"노력해서 아는 경지에 이른 자는 그 노력을 좋아하는 경지에 이른 자보다 못하고, 노력을 좋아하는 경지에 이른 자는 그 노력을 즐기는 경지에 이른 자보다 못하다."

어떤가? 의미가 좀 맞는 것 같은가? 우리는 노력해서 글을 써야 하고, 결국 그 노력을 즐기는 경지에 이르러야 큰돈을 벌 수 있다. 나도 아직 이 과정을 밟는 중이다. 내가 여러분에게 도움을 줄 수 있는 부분은 노력의 방향을 알려주는 것이다. 노력하지 않는 이들은 도와줄 수 없다.

여기까지 왔다면 이 책을 완독한 셈이지만, 마음을 놓기는 아직 이르다. 사실 이제부터가 시작이다. 시장에서 베스트에 오른 작가들은 여기 담긴 내용을 이미 체득했기 때문이다. 우리는 그들과 경쟁해야 한다. 여러분은 비로소 시작점에 선 것이라 할 수 있다. 이 경쟁에서 이기기 위해서는 이제까지 익힌 방법으로 작품을 되도록 많이 읽어야 한다. 꾸준히 읽고 분석하면서 본서에서 소개한 원칙이 진짜인지 꼭 확인해봐야 한다. 이 과정에서 미처 확인하지 못한 원칙을 발견하면 자신의 것으로 만들어야 한다. 그렇게 계속해서 원칙을 세워나가야 한다.

처음에는 혼자서 하기 힘들지도 모른다. 그럴 경우에는 글 친구를 찾거나, 오픈 단톡방을 개설해 독서 모임을 만들어보자. 세 명에서 다섯 명 정도가 딱 적당하다. 이렇게 모인 이들과 일주일에 하루 정도 날을 잡아 한 작품씩 분석해보면, 짧은 시간에 많은 것을 얻을 수 있을 것이다.

이런 활동을 하기 힘든 사람들은 내가 운영하는 카페를 이용해도 된다. 독서 모임을 하는 비공개 온라인 카페인데, 이메일(jinmunaca@naver.com)로 신청하면 초대장이 발송되고, 가입해서 활동할 수 있다. 이곳에서는 이미 소개한 방법 이외에도 더 효과적인 방법으로 작품을 분석하고 필력을 높이는 활동을 한다. 잘 활용하면 데뷔하는 데 큰 도움을 받을 수 있다.

앞으로 나에 대한 소식은 진문 아카데미 블로그에 올릴 예정이다. 공개 강의 일정이라든지, 내부에서 진행하는 공모전, 새롭게 개설하는 커리큘럼, 스터디반 모집 등의 내용을 올릴 예정이니 많은 관심 부탁드린다. 주소는 아래와 같다.

blog.naver.com/jinmunaca

꼭 하고 싶은 말은 이 책을 읽는 것만으로 여러분의 실력이 완성되는 것이 아니라는 점이다. 이는 과정에 불과하다. 지금까지 내가 도운 친구들이 데뷔하는 과정을 보면, 봐준 글로 바로 데뷔한 케이스도 있지만, 함께 글 이야기를 한 경험을 가지고 새로운 작품을 썼을 때 독자들의 반응이 터지면서 베스트에 이름을 올린 경우도 많다. 그래서 내게 코칭을 받을 경우, 내가 오케이한 글이라고 하더라도 더 좋은 아이디어나 글감이 떠올랐을 때는 주저하지 말고 새로 시작하라. 여러분이 쓴 글에 대해 책임을 지는 사람은 내가 아니라 여러분 자신이라는 것을 명심해야 한다.

그리고 건강을 꼭 챙겨야 한다. 우리 일은 너무 열심히 하면 건강을 해친다. 오랫동안 이 일을 하려면 규칙적으로 운동해야 한다. 10년 차 이상 되는, 지금 업계에서 높은 성과를 올리고 있는 작가들 대부분은 체력을 잘 관리하고 있다. 여러분도 체력에서 밀리면 안 된다. 또 체력을 기르면 글도 잘 나온다. 이 점을 꼭 유의하길 바란다.

여기까지 따라왔다면 분명 방향을 잡았을 거라 생각한다. 그리고 반드시 이 길의 끝을 볼 수 있을 거라고 믿는다. 끝까지 함께 갔으면 좋겠다. 그래서 나중에 어떤 계기로든 다시 만났을 때 즐겁게 글 이야기를 나눌 수 있었으면 좋겠다. 앞으로도 건필하길 바란다.

끝으로 좋은 제안을 해주신 블랙피쉬 담당자분들과 이번 커리큘럼이 나오기까지 도움을 준 독서회 회원들, 진문 아카데미 1, 2기 수강생들, 사랑하는 아내와 예쁜 딸에게 특별한 감사를 전한다.

- 2021년 1월 진문

밀리언 뷰 웹소설 비밀코드

2021년 01월 21일 초판 01쇄 발행
2023년 12월 01일 초판 04쇄 발행

지은이 진문

발행인 이규상 편집인 임현숙
편집팀장 김은영 책임편집 강정민
기획편집팀 문지연 강정민 정윤정
마케팅팀 이순복 강소희 이채영 김희진
디자인팀 최희민 두형주 회계팀 김하나

펴낸곳 (주)백도씨
출판등록 제2012-000170호(2007년 6월 22일)
주소 03044 서울시 종로구 효자로7길 23, 3층(통의동 7-33)
전화 02 3443 0311(편집) 02 3012 0117(마케팅) 팩스 02 3012 3010
이메일 book@100doci.com(편집·원고 투고) valva@100doci.com(유통·사업 제휴)
포스트 post.naver.com/black-fish 블로그 blog.naver.com/black-fish
인스타그램 @blackfish_book

ISBN 978-89-6833-292-0 03800